KB163162

야성의 부름

The Call of the Wild

세계문학전집 30

야성의 부름

The Call of the Wild

잭 런던

권택영 옮김

민음사

일러두기

이 책은 *The Call of the Wild and White Fang* by Jack London(New York: Bantam Pathfinder Editions, 1950)을 저본으로 번역했다.

차례

야성의 부름

1
원시 속으로

방랑의 도약에 대한 오랜 그리움은
관습의 사슬에 마모되지만
다시 한 번 그 겨울잠으로부터
야성의 혈통이 깨어난다.

벅은 신문을 읽지도 않았고 악운이 다가오고 있다는 것도
알지 못했다. 그에게뿐만 아니라 퓨젓사운드에서 샌디에이고
까지 남부의 낮은 연안에 사는, 털이 길고 따스하며 근육은
강한 모든 개에게 악운이 닥치고 있었다. 사람들이 극지방의
어둠 속을 더듬어 황금을 발견하고 기관선과 운송 회사 들이
그 횡재를 부채질하면서 몇천 명이 북극으로 몰려가기 시작했
다. 그 사람들은 개를 원했다. 그들은 일하기 좋게 근육이 발

달하고 동상으로부터 몸을 보호할 수 있도록 털이 수북한 커다란 개를 원했다.

벅은 햇빛이 잘 드는 산타클라라 계곡의 어느 큰 저택에 살았다. 사람들은 그 집을 밀러 판사 댁이라 불렀다. 길을 등지고 지어진 그 집은 숲에 가려 반쯤밖에 보이지 않았고 사면을 둘러싼 넓고 서늘한 베란다가 얼핏 눈에 들어왔다. 서로 얽힌 큰 미루나무 가지들 아래 넓게 펼쳐진 잔디 사이로 뚫린 자갈길을 따라가면 현관이 나타났다. 집 앞쪽보다 뒤쪽 공간이 더 넓었다. 말 열두어 마리를 돌보는 사내와 머슴애 들이 이런저런 이야기를 장황하게 늘어놓는 커다란 마구간들, 넝쿨에 덮여 가지런히 늘어선 하인들의 오두막들, 끝없이 정연하게 늘어선 헛간들, 긴 포도 넝쿨이 올려진 정자들, 푸른 목장과 과수원과 딸기밭이 펼쳐져 있었다. 깊은 곳에서 샘물을 길어 올리는 펌프, 밀러 판사의 아이들이 아침이면 펄쩍 뛰어들고 뜨거운 오후에도 시원하게 몸을 담그는 시멘트 풀장도 있었다.

이 위대한 장원의 지배자는 벅이었다. 그는 여기에서 태어나 사 년을 살았다. 물론 다른 개들도 있었다. 그토록 넓은 곳에 어찌 다른 개들이 없겠는가. 그러나 그 개들은 미미한 존재였다. 그들은 왔다가 사라졌고, 버글대는 개집에서 살거나, 일본 발바리 투츠나 멕시칸헤어리스 이사벨처럼 한구석에서 소리 없이 살았다. 그 이상한 개들은 집 밖으로 얼굴을 내밀지도, 발에 흙을 묻히지도 않았다. 그런가 하면 폭스테리어도 스무 마리쯤 있었는데, 그들은 유리창으로 밖을 빠끔히 내다보면서 대걸레와 빗자루를 든 하녀들의 보호 구역에 사는 투츠와 이사벨을 반드시 혼내 주겠다고 으름장을 놓곤 했다.

그러나 벅은 집 안에 사는 개도 아니고 우리에 갇힌 개도 아니었다. 전부 그의 영역이었다. 그는 판사의 아들들과 풀장에 뛰어들고 사냥도 함께 갔다. 판사의 딸인 몰리와 앨리스가 해가 뜨거나 질 무렵에 산책을 나가면 벅은 길을 안내했다. 그는 추운 겨울밤이면 불이 훨훨 타오르는 서재 벽난로 앞에서 판사의 발치에 누웠다. 그리고 판사의 손자들을 등에 태우거나 풀밭에서 떼굴떼굴 구르게 했고, 때로 그 애들이 마구간 마당의 우물이나 더 멀리 경마장 부근 잔디밭이나 딸기밭까지 가 보는 거친 모험을 하려 하면 그들을 보호했다. 그는 테리어들 사이를 근엄하게 걸었고 투츠와 이사벨을 완전히 무시했다. 그는 왕이었기 때문이다. 밀러 판사의 장원 안에서 기고 걷고 나는 모든 것 사이에서 그는 왕이었다. 그리고 인간들 사이에서도 그는 왕이었다.

벅의 아버지, 엘모는 커다란 세인트버나드인데 판사와 뗄 수 없는 친구였고 이제 벅이 아버지의 뒤를 이을 참이었다. 그는 몸집이 그리 큰 개는 아니었다. 어머니인 셰프가 스코틀랜드셰퍼드이기 때문에 그 영향으로 무게가 65킬로그램 정도였다. 그런데도 온 집안의 존경과 건전한 삶 덕분에 그 65킬로그램의 몸집은 위엄 있는 풍모를 지니게 되었다. 강아지 시절부터 사 년 동안 그는 귀족적인 삶을 넘치도록 누렸다. 그래서 자신에 대해 긍지를 느끼는 것은 좋았으나 때로 시골 신사가 우물 안 개구리에 불과하듯이 조금은 자기중심적이었다. 그는 퍼질러 앉은 집개들 사이에서 자신을 지키려고 애썼다. 사냥과 그와 비슷한 야외 오락들로 몸을 단련하고 근육을 강화했다. 그리고 냉수욕을 즐기는 종족처럼 물을 사랑하면서 건강과 힘을 유지했다.

이것이 1897년 가을, 클론다이크 골드러시가 온 세상 사람들을 얼어붙은 북극으로 몰아가던 때 벅의 모습이었다. 그러나 벅은 신문을 읽지 못했고 그래서 정원사의 조수들 중 하나였던 마누엘과 그 자신이 바람직하지 못한 사이가 되리라는 것도 알 수 없었다. 마누엘에게는 뿌리치지 못하는 유혹이 하나 있었는데 바로 중국식 도박이었다. 게다가 그에겐 도박할 때 나쁜 버릇이 있었다. 한 가지 방식에서 벗어나지 못한다는 것이었는데 그것은 곧 파멸을 의미했다. 한 가지 방식에 의존하는 도박에는 돈이 들었지만, 조수 월급으로는 아내와 자식들을 먹여 살리기도 빠듯했다.

마누엘이 음모를 실행하던 바로 그날 밤, 판사는 건포도 재배업자 모임에 참석하느라 집을 비웠고 아들들은 운동 모임을 결성하느라 정신이 없었다. 벅과 마누엘이 과수원을 지나가는 것을 아무도 보지 못했고 벅도 그저 산보하는 것쯤으로 생각했다. 그리고 단 한 사람을 제외하고는, 벅과 마누엘이 칼리지 공원이라는 간이역에 도착하는 것을 본 사람은 아무도 없다. 그 단 한 사람은 마누엘과 무슨 말을 주고받더니 돈을 건넸다.

"물건을 넘기기 전에 포장하는 게 좋겠어."

이방인은 퉁명스레 말했다. 마누엘은 벅의 목걸이 사이에 굵은 밧줄을 끼워 넣고 목을 두 번 감았다.

"이걸 비틀면 숨이 막힐 정도로 목이 조이지."

마누엘이 말하자 이방인은 볼멘소리로 알았다고 답했다.

벅은 조용히 위엄 있게 밧줄을 받아들였다. 뜻밖인 것은 분명했지만 그는 아는 사람을 믿도록, 자신보다 지혜가 한 수 위인 사람을 대접하도록 배웠다. 그러나 막상 밧줄이 이방인의 손에 넘어가자 위협하듯 으르렁 소리를 냈다. 그저 기분이 안 좋다는 것을 알리려는 뜻이었고 그렇게 하는 것은 곧 그가 스스로 자제한다는 의미이기도 했다. 그러나 목을 탁 조이는 밧줄 때문에 숨이 컥 막혀서 그는 깜짝 놀랐다. 분노가 치솟아 확 달려드는 순간 남자는 그의 목을 잽싸게 쥐고 한 바퀴 홱 돌리더니 몸을 뒤집어 놓았다. 벅이 분노로 버둥거리자 밧줄이 사정없이 조여 왔다. 벅의 혀가 입 밖으로 나오고 커다란 가슴은 무력하게 헐떡거렸다. 그는 살면서 그런 대접을 받아 본 적도, 그토록 화가 치밀어 오른 적도 없었다. 그러나 점차 기운이 빠지고 눈앞이 흐려졌다. 깃발의 신호에 따라 기차가 출발할 때 두 사람이 그를 화물칸으로 집어 던졌고 그는 정신을 잃고 말았다.

정신이 들었을 때 벅은 혀가 몹시 아프다는 것과 자신이 어느 흔들리는 찻간에 갇혀 있다는 것을 어렴풋이 의식했다. 건널목에서 기차가 목쉰 소리를 내뿜었을 때 비로소 그는 자신이 어디에 있는지 알았다. 그는 판사와 자주 여행을 다녔기 때문에 화물칸에서 흔들리는 느낌을 모를 수 없었다. 벅은 눈을 번쩍 떴다. 그의 눈에 납치된 왕의 참을 수 없는 분노가 이글거렸다. 사내는 얼른 벅의 목을 낚아채려고 달려들었으나 이번에는 벅이 더 빨랐다. 벅의 입이 사내의 손을 꽉 물었다. 벅은 다시 한 번 숨이 막혀 정신을 잃을 때까지 물고 있는 입을 벌리지 않았다.

"듣던 대로 발작을 일으키는군요."

소란을 듣고 온 수화물 차장에게 사내는 상처 난 손을 감추며 말했다.

"샌프란시스코의 주인에게 데려갈 거예요. 거기 유명한 의사가 있는데 이놈을 치료해 보겠다는군요."

사내는 샌프란시스코 부둣가 어느 선술집 작은 뒷방에 앉아 그날 밤 여행에 대한 이야기를 투덜대며 늘어놓았다.

"받은 게 고작 오십 달러예요. 빳빳한 새 돈으로 천 달러를 준대도 다시는 이런 일 안 할 거예요."

그의 손은 피 묻은 헝겊에 싸여 있었고 오른쪽 바짓가랑이는 무릎부터 발꿈치까지 쭉 찢겨 있었다.

"다른 사내는 얼마 받았어?"

술집 주인이 물었다.

"백 달러요. 거기서 단 한 푼도 덜 받으려 들지 않던걸요."

"그러면 합쳐서 백오십 달러군. 내 장담하지만 저놈은 그만한 가치가 충분히 있어."

술집 주인은 계산을 하더니 이렇게 확신했다.

벅을 납치한 사내는 피 묻은 헝겊을 풀고 찢긴 손을 들여다보았다.

"만일 내가 광견병에 걸리지 않는다면……."

"그건 자네가 교수형을 당할 운명이기 때문이지."

주인은 낄낄거렸다.

"자, 화물칸으로 돌아가기 전에 손 좀 빌립시다."

정신이 혼미하고 반쯤 질식한 상태로 목과 혀가 참을 수 없이 아팠지만 벅은 고문관들과 대결하려고 했다. 그러나 그들은 줄칼로 무거운 쇠 목걸이를 끊어 낼 때까지 벅을 계속 바닥에 던지고 목을 조였다. 마침내 그들은 밧줄을 풀고 벅을 우리처럼 생긴 상자 속으로 던졌다.

벅은 거기에 누워 분노와 상처 받은 자존심을 달래면서 지루한 밤을 보냈다. 그는 도대체 이게 무슨 의미인지 이해할 수 없었다. 이 이상한 사내들은 나를 무엇에 쓰려는 걸까? 왜 이 좁은 상자 안에 가둬서 숨차게 만드는 걸까? 이유는 알 수 없었지만 그는 재난이 닥치고 있다는 것을 막연히 느꼈다. 밤새 몇 번이나 방문이 삐걱 열릴 때마다 벅은 판사나 적어도 아들들이 나타날 것만 같아 벌떡 몸을 일으키곤 했다. 그러나 노르스름한 양초로 그를 비춰 보는 통통한 술집 주인의 얼굴만 나타났다. 그럴 때마다 반가움에 떨리는 즐거운 외침 대신 으르렁대는 소리가 거칠게 터져 나왔다.

하지만 술집 주인은 벅을 그냥 내버려 뒀다. 아침이 되자 네 사람이 들어와 상자를 들어 올렸다. 누더기 차림에 지저분하고 사악해 보이는 사람들로 그들 역시 벅을 괴롭힐 것이 분명했다. 벅은 창살 너머로 분노와 위협을 담아 포효했다. 그들은 낄낄대며 막대기로 그를 푹푹 찔렀고 그는 즉시 이빨로 공격했는데 그들이 바로 그것을 원한다는 걸 깨달았다. 그래서 상자를 마차로 옮겨 싣는 동안 잠자코 누워만 있었다. 그리고 나서 벅과 그를 가둔 상자는 여러 사람 손을 거치기 시작했다. 화물차 직원이 그를 맡더니 상자를 다른 마차로 옮겨 실은 다음 다른 상자들과 소포 꾸러미들 사이에 앉아 트럭을 타고 연락선까지 갔다. 벅은 연락선에서 내려 다시 트럭을 타고 큰 철도역으로 가서 마침내 화물열차에 실렸다.

화물열차는 칙칙폭폭 기관차 꼬리에 매달려 이틀 밤낮을 내달렸다. 그동안 벅은 먹지도 마시지도 못했다. 벅은 분노에 차서 화물열차 직원들을 보자마자 으르렁댔고 그들은 그를 놀리면서 응수했다. 벅이 거품을 물고 부르르 떨며 창살로 달려들자 그들은 그를 비웃고 조롱했다. 그들은 밉살스러운 개들처럼 으르렁거리며 짖다가 고양이처럼 야옹거리더니 두 팔을 파닥거리며 수탉처럼 울었다. 그제야 벅은 모두 어리석은 짓이라는 걸 깨달았다. 하지만 그의 위엄이 모욕당할수록 분노는 점점 커졌다. 벅은 배고픈 것은 참을 수 있었으나 목마른 것은 견디기 어려웠고 너무 고통스러워서 거의 미칠 지경에 이르도록 분노가 치밀었다. 극도로 긴장하고 지독하게 예민한 상태에서 그런 빗나간 대우를 받으니 열병이 생겼고, 그의 목과 혀는 바짝 타서 부어오르고 염증도 심해졌다.

단 한 가지만은 반가웠다. 목을 조이는 밧줄에서 해방되었던 것이다. 밧줄 때문에 그들은 부당하게 유리한 입장이었다. 그러나 이제 내가 밧줄에서 해방되었으니 어디 맛 좀 봐라. 다시는 내 목에 밧줄을 매지 못하게 할 거다. 그는 단단히 결심했다. 이틀 밤낮을 못 먹고 못 마시고 당했으니 누구든지 맨 처음 부딪치기만 하면 벅의 축적된 분노는 최악의 상태에서 그대로 폭발할 것이었다. 그는 눈이 붉게 충혈되어 분노의 악마로 변신해 갔다. 그때쯤 벽의 모습은 너무나 많이 변해서 아마 판사도 알아보지 못했을 것이다. 그래서 화물열차 직원들은 시애틀에서 그 상자가 내려지자 안도의 한숨을 내쉬었다.

네 사내가 낑낑대며 마차에서 상자를 내려 담이 높게 쳐진 작은 뒷마당에 놓았다. 목 부근이 축 늘어진 붉은 스웨터를 입은 통통한 사내가 나오더니 수표책에 사인을 해서 짐꾼들에게 줬다. 이번에는 저놈이 나를 괴롭힐 차례군. 벽은 짐작했다. 그래서 그는 창살을 향해 사납게 대들었다. 사내는 슬쩍 웃음을 흘리더니 손도끼와 곤봉을 들고 나왔다. 짐꾼이 물었다.

"설마 저놈을 지금 당장 풀어 주려는 건 아니겠죠?"

"물론 풀어 줘야지."

사내는 손도끼를 지렛대처럼 상자 속으로 밀어 넣으며 대답했다. 그러자마자 벽을 날라 온 네 사내는 순식간에 흩어져 안전하게 담 위로 올라가 앉더니 앞으로 일어날 일을 구경할 준비를 했다.

벽은 쪼개지는 나뭇조각을 이빨로 꽉 물고 튀어나오려고 길길이 날뛰며 몸을 비벼 댔다. 사내가 밖에서 손도끼를 내려칠 때마다 벽은 안에서 이를 갈며 으르렁댔다. 붉은 스웨터 입은 사내가 침착하게 그를 풀어 놓으려 하자 벽은 맹렬히 뛰어나오려 했다.

"자, 붉은 눈의 악마여, 나와라."

벽의 몸이 충분히 빠져나올 만큼 상자가 열리자 사내가 말했다. 동시에 그는 손도끼를 내던지고 오른손에 곤봉을 잡았다.

털을 곤두세우고 입에 거품을 물고 충혈된 눈에 광기를 번 뜩이며 뛰어오르려고 몸을 잔뜩 웅크렸을 때 벅은 글자 그대 로 붉은 눈의 악마였다. 이틀 밤낮 갇혀서 터질 듯한 열기로 끓어오른 65킬로그램짜리 몸이 분노에 차서 사내를 향해 곧장 돌진했다. 벅의 턱이 사내의 몸에 꽂히려는 바로 그 순간, 그는 공중에서 내리꽂히는 타격에 멈칫했고 고통스러워 신음을 뱉 으며 이를 악물었다. 그의 등과 옆구리가 땅바닥에 닿은 채 빙 글빙글 돌았다. 그는 곤봉에 맞아 본 적이 한 번도 없어서 그 게 뭔지 몰랐다. 짖기보다는 소리 지르듯 으르렁대면서 그는 또다시 일어나 공중으로 돌진했다. 다시 충격이 가해졌고 벅 은 바닥에 납작하게 엎어졌다. 이번에는 곤봉인 것을 알았으 나 제정신이 아니어서 조심하지 못했다. 벅은 열두 번이나 대 들었고 그때마다 곤봉 세례를 받아 바닥에 나뒹굴었다.

아주 지독하게 세게 한 방 맞은 뒤, 벅은 엉금엉금 기었고 대들지 못할 정도로 정신이 혼미해졌다. 그는 비틀대면서 절뚝 거렸고 코와 입과 귀에서는 피가 흘러내렸으며 피가 섞인 침 이 튀어 고운 털이 얼룩덜룩해졌다. 사내가 다가와 벅의 코에 아주 세게 한 방 먹였다. 지금까지 참아 냈던 어떤 고통보다 더 큰 아픔이 벅을 엄습했다. 벅은 노여움에 마치 사자처럼 포 효하면서 다시 한 번 사내를 향해 몸을 날렸다. 그러나 사내 는 곤봉을 오른손에서 왼손으로 옮겨 쥐고 냉정하게 벅의 아 래턱을 잡아 아래로 그리고 뒤로 비틀었다. 벅은 공중에서 완 전히 한 바퀴 반을 돌고는 머리와 가슴을 땅에 처박았다.

마지막으로 한 번 더 벅은 돌진했다. 사내는 의도적으로 한

동안 쓰지 않던 곤봉을 재빠르게 내리쳤고 벅은 벌떡 솟구쳤다가 그대로 쓰러지며 의식을 완전히 잃고 말았다.

"이렇게 개를 잘 길들이는 사람은 처음이야, 정말."

담에 올라앉은 사내들 가운데 하나가 흥분해서 외쳤다.

"때가 되면 난 인디언 조랑말을 길들일 거요. 일요일마다 두 번씩."

짐꾼은 마차에 올라타서 말을 몰기 시작하며 대답했다.

벅은 정신을 차렸으나 힘을 회복하지는 못했다. 그는 넘어진 곳에 그대로 누워서 붉은 스웨터 입은 사내를 바라보았다.

"이름이 벅이랍니다."

사내는 배달된 상자와 내용물들 가운데 술집 주인의 편지를 들고 혼잣말로 읽었다.

"흠, 벅이라고."

사내는 부드러운 목소리로 말했다.

"우린 조금 싸우긴 했지만 가장 좋은 길은 말이야, 이쯤에서 멈추는 거야. 넌 네 자리가 어딘지 알았고 난 내 자리가 어딘지 알거든. 행동을 잘하면 모든 게 잘 풀리고 앞길도 환해지지. 못되게 굴면 창자가 삐져나오게 맞을 거고. 알았냐?"

사내는 그토록 두들겨 팼던 벅의 머리를 겁도 없이 쓰다듬었고 벅은 사내의 손길에 자신도 모르게 털이 곤두섰지만 저항하지 않고 묵묵히 견뎠다. 사내가 물을 가져오자 벅은 정신 없이 마셨고 그다음에는 사내의 손에 든 푸짐한 생고기를 한 덩어리씩 급하게 먹어 치웠다.

벅은 두들겨 맞았다.(그는 그걸 알았다.) 그러나 길든 것은 아니었다. 벅은 곤봉을 든 남자를 이길 수 없다는 것을 영원히 잊지 않을 것이다. 그는 중요한 교훈을 얻었고 앞으로 살면서 그 교훈을 다시는 잊지 않을 것이다. 그 곤봉은 하나의 계시 였다. 그것은 그가 원시법의 세계로 입문하는 첫걸음으로, 그 는 이미 반쯤 그 길로 들어섰다. 삶의 실상에는 좀 더 광포한 면이 있다. 그래서 벅은 겁먹지 않고 그런 것에 직면하면서 그 의 본성이 가성시킨 온갖 잠재된 재간을 동원해 맞섰다. 시간 이 흐르면서 다른 개들이 상자에 갇혀 혹은 밧줄에 끌려, 어 떤 개들은 온순하게, 어떤 개들은 벅처럼 분노로 으르렁대며 모여들었다. 그는 하나둘씩 붉은 스웨터 입은 사내의 의식을 통과하는 것을 지켜보았다. 잔인한 수행을 하나하나 지켜보는 벅의 뼛속 깊이 교훈이 스며들었다. 곤봉을 든 사내는 입법자 였고 반드시 화해할 필요는 없지만 복종해야 할 주인이었다. 매 맞은 개들이 사내에게 아첨하고 꼬리를 흔들며 그의 손바 닥을 핥는 것을 봤지만 이와 관련해 벅은 아주 떳떳했다. 그는 화해도, 순종도 하지 않고 끝까지 맞서다가 죽는 개도 봤다.

낯선 사람들이 자주 드나들었는데 그들은 흥분하기도 하고 감언이설을 늘어놓기도 하면서 붉은 스웨터 입은 사내에게 온갖 방법으로 말을 걸었다. 그럴 때마다 그들 사이에서 돈이 오갔고 낯선 사람들은 하나 혹은 더 많은 개들을 끌고 갔다. 벅은 그들이 어디로 가는지 궁금했다. 한번 가면 돌아오지 않 았기 때문이다. 그러나 미래에 대한 불안이 강하게 엄습해 그 는 뽑히지 않을 때마다 마음이 놓였다.

그러나 결국 그의 차례가 돌아왔다. 벅이 이해할 수 없는 거칠고 이상한 괴성과 서툰 언어를 쏟아 내는 작은 늙은이에 의해서였다.

"대단하군!"

벅을 보자 그 사내는 눈을 번쩍 뜨며 소리쳤다.

"진짜 대단한 놈이군! 그렇지? 얼마라고?"

"삼백 달러, 거저 주는 거지."

붉은 스웨터 입은 사내가 즉시 대답했다.

"게다가 정부 공금 같아 보이는데 당신이 해고당할 리도 없을 테고. 안 그래, 페로?"

페로는 히죽 웃었다. 전례 없는 수요로 개 값이 천정부지로 치솟았기에 삼백은 이렇게 멋진 놈에게 결코 비싼 값이 아니었다. 캐나다 정부는 손해를 안 볼 것이고 (저놈이 끄는) 급송 전보들이 더 늦게 갈 리도 없었다. 페로는 개를 볼 줄 아는 사내였기에 벅을 보자마자 천 마리 가운데 하나뿐, 아니 만 마리 가운데 하나뿐인 놈이라는 것을 즉각 알아챘다.

벅은 그들 사이에서 돈이 오가는 것을 보았다. 이 늙은 사내가 성질 좋은 뉴펀들랜드종 컬리와 자신을 골라잡아 끌고 나갈 때 그는 별로 놀라지 않았다. 그것이 벅이 붉은 스웨터 입은 사내를 마지막으로 본 순간이었다. 그리고 컬리와 함께 나르왈호 갑판에서 시애틀이 점점 멀어지는 것을 바라본 것이 벅이 따스한 남쪽 나라를 마지막으로 본 순간이었다. 페로는 컬리와 벅을 아래로 끌고 가서 얼굴이 검은 거인 프랑수아에게 넘겼다. 페로는 프랑스계 캐나다인으로 피부가 거무스름했는데 프랑수아는 프랑스계 캐나다인인 데다 인디언 피가 섞여 있어 두 배나 더 검었다. 그들은 벅이 본 적 없는 인종으로, 그는 훗날 그런 인간들을 더 많이 보게 되었다. 벅은 그들에게 애정을 주지는 않았으나 그들을 정직하게 존경하게 되었다. 벅은 페로와 프랑수아가 좋은 사람들이고 침착하고 공평하게 정의를 행하며 개를 다룰 줄 알기에 결코 개에게 바보 취급당하지 않는다는 것을 재빨리 간파했다.

나르왈호 깁판과 갑판 사이에서 벅과 컬리는 다른 개 두 마리와 합류했다. 그들 가운데 한 놈은 스피츠베르겐 출신의 몸집이 크고 눈처럼 흰 개였는데 포경선 선장을 따라 나갔다가 그 후에 캐나다 북부 툰드라 지대를 탐색하는 지질조사팀과 합류한 적이 있었다.

그는 음흉한 생각을 품고 친근하게 굴었다. 예를 들면 첫 식사 때 벅의 음식을 훔쳤듯이 그는 겉으로 웃으면서 속으로는 딴청을 부렸다. 벅이 혼내 주려고 움칠하자 프랑수아의 채찍이 먼저 공중에서 날아와 도둑놈의 등을 휘갈겼다. 그리고 벅은 힘도 들이지 않고 도둑맞은 뼈를 되찾았다. 벅은 그것이 프랑수아의 정의라고 단정짓고 그 혼혈인을 높이 평가하기 시작했다.

마지막 개는 다른 개에게 접근하지 않았고 그렇다고 다른 개를 받아들이지도 않았다. 신참들의 밥그릇을 넘보려 하지도 않았다. 그는 성미가 우울하고 까다로워서 컬리에게 자기는 혼자 있고 싶으니 건드리기만 하면 큰코다칠 거라고 분명히 내비쳤다. 그의 이름은 데이브였는데 먹고 자고 때로 하품하며 아무 일에도 관심을 보이지 않았다. 심지어 퀸샬럿 해협을 건널 때 나르왈 호가 상하좌우로 요동치며 신들린 것처럼 튀어 오를 때에도 까닥하지 않았다. 벅과 컬리가 흥분하고 두려워서 혼미해졌을 때에도 그는 머리를 꼿꼿이 세우고 귀찮다는 듯이 무심한 시선으로 그들을 바라보며 하품을 하더니 다시 잠이 들었다.

배는 지칠 줄 모르는 프로펠러 고동 소리에 맞춰 밤낮으로 진동했고 똑같은 날들이 되풀이되는 듯했다. 그러나 벅은 날씨가 계속 추워지는 것을 느꼈다. 마침내 어느 날 아침 프로펠러가 멈췄고 나르왈호는 흥분에 휩싸였다. 다른 개들처럼 벅도 흥분했고 뭔가가 달라졌다는 것을 알았다. 프랑수아는 개를 가죽끈으로 매어 갑판 위로 데리고 갔다. 차가운 지면 위로 첫발을 내딛자 벅의 발이 진흙처럼 부드럽고 흰 것에 빠졌다. 그는 펄쩍 뛰며 콧김을 내뿜었다. 흰 것들이 공중에서 더 많이 날리고 있었다. 그는 몸을 흔들었으나 흰 것은 그를 향해 계속 내려왔다. 그는 킁킁 냄새를 맡다가 혀에 대고 핥아보았다. 얼핏 불처럼 느껴졌으나 이내 그 맛이 사라졌다. 그는 갸우뚱했다. 다시 한 번 시도했지만 결과는 같았다. 구경하던 사람들이 와하며 웃음을 터뜨렸고 그는 이유를 몰랐지만 조금 창피했다. 그가 생전 처음 보는 눈이었다.

2
곤봉과 송곳니의 법칙

다이 해변에서 벅은 악몽 같은 첫날을 보냈다. 매시간이 충격과 놀라움으로 가득 찼다. 그는 갑자기 문명의 한복판에서 추방되어 원시 세계 한가운데로 내던져졌다. 그것은 게으름이나 따스한 햇볕, 그리고 하릴없이 빈둥거리는 지루함과 거리가 멀었다. 평화로움도, 휴식도, 한순간의 안전도 보장되지 않았다. 그저 혼돈과 행동뿐이었다. 그리고 매 순간 생명과 육신이 위기에 처했다. 항상 신경을 곤두세워야만 살아남았다. 그 사람들과 개들은 마을에 사는 것이 아니었기 때문이다. 그들은 모두 인간의 법이 아니라 곤봉과 송곳니의 법칙에 따르는 야만족이었다.

벅은 동물처럼 싸우는 늑대 같은 개들을 한 번도 본 적이 없었다. 첫 경험은 그에게 잊을 수 없는 교훈을 안겨 주었다. 그것은 실제로 일어났지만 그에게는 대리 경험이었다. 그렇지 않았다면 살아서 교훈을 얻을 수도 없었을 것이다. 희생자는 컬리였다. 그들은 통나무 가게 부근에서 텐트를 쳤는데 컬리는 몸집이 다 자란 늑대만 하지만 자신에 비해서는 반쯤밖에 안 되는 에스키모개에게 다정하게 다가갔다. 그 순간 아무런 경고도 없이 에스키모개가 번개처럼 펄쩍 뛰더니 이빨이 부딪치는 쇳소리가 들렸고 다시 번개처럼 펄쩍 뛰는 것 같더니 어느새 컬리의 살갗이 눈에서부터 턱까지 쭉 찢겨 있었다.

탁 치고 펄쩍 물러나는 늑대식 싸움이었다. 그러나 그게 끝이 아니었다. 에스키모개 삼사십 마리가 모여들더니 두 투사들을 둘러싸고 조용히 응시했다. 벅은 그들의 고요한 응시와 입맛을 다시는 욕망이 무엇을 의미하는지 몰랐다. 컬리는 적을 향해 다시 몸을 날렸으나 적은 이번에도 다시 공격한 뒤 펄쩍 옆으로 물러났다. 적은 컬리의 다음 공격을 가슴으로 받아쳤는데 어떻게 한 것인지 컬리는 그대로 쓰러지고 말았다. 그녀는 다시 일어나지 못했다. 바로 그때가 구경하던 개들이 노리던 순간이었다. 그들은 으르렁대고 짖으면서 그녀에게 달려들었다. 그녀는 털을 곤두세운 개들 속에 파묻혀 고통스럽게 비명을 질렀다.

너무나 갑작스럽고 예기치 못한 일이어서 벅은 질겁했다. 벅은 스피츠가 붉은 혀를 날름대며 웃는 것을 보았다. 그는 프랑수아가 도끼를 휘두르며 개들 속으로 뛰어드는 것을 보았다. 세 사내가 곤봉을 들고 나타나 개들을 쫓아 버리는 프랑수아를 도왔다. 오래 걸리지는 않았다. 컬리가 쓰러지고 이 분쯤 지나자 달려들었던 마지막 개가 곤봉을 맞고 도망쳤다. 그러나 그녀는 글자 그대로 조각조각 찢긴 채, 핏물로 다져진 눈 위에 늘어져 움직이지 않았고 검은 혼혈인은 그녀를 내려다보며 끔찍하게 욕을 했다. 그 장면은 꿈속에서 몇 번이나 벅을 괴롭혔다. 그것이 현실이었다. 정당한 싸움이란 없다. 일단 쓰러지면 너는 끝이다. 그러니 절대로 쓰러지면 안 된다. 스피츠는 혀를 날름거리며 다시 웃었다. 그 순간부터 벅은 결코 지워지지 않을 격렬한 증오를 담아 그를 미워했다.

컬리의 비극적인 죽음으로 인한 충격에서 채 회복되기도 전에 벅은 또 다른 충격을 받았다. 프랑수아가 벅에게 가죽끈과 버클을 채운 것이다. 그것은 집에서 마부가 말에게 씌우는 마구와 비슷했다. 그는 말처럼 프랑수아를 썰매에 태워 계곡 가장자리에 있는 숲까지 갔다가 땔감을 한 짐 싣고 되돌아왔다. 짐 나르는 개로 전락해 체면이 손상되었으나 무턱대고 저항하기에는 벅이 지나치게 현명했다. 완전히 새롭고 이상한 일이었지만 그는 의지를 다지며 정신을 바짝 차렸고 최선을 다해서 일했다. 프랑수아는 엄격했고 즉각적인 복종을 요구했다. 그리고 채찍의 힘으로 즉각적인 복종을 받아 냈다. 썰매의 바로 앞자리를 차지한 노련한 데이브는 벅이 실수할 때마다 엉덩이를 깨물었다. 선두에서 달리는 스피츠도 역시 노련했는데 벅의 몸에 항상 닿지는 않았으므로 때때로 날카롭게 꾸짖듯 으르렁거리다가 몸을 슬쩍 움직여 가야 할 방향으로 벅을 밀어붙였다. 벅은 쉽게 배웠고, 이 두 친구와 프랑수아의 훈련으로 눈에 띄게 발전했다. 캠프로 돌아오기 전에 그는 이미 "호." 하면 멈추고 "가자." 하면 앞으로 나가고, 모퉁이에서는 큰 원으로 돌며, 짐을 실은 썰매가 내리막길에서 뒤를 바싹 쫓을 때는 썰매 앞자리의 개로부터 멀리 떨어지게 되었다.

"세 마리 모두 좋은 놈들이야."

프랑수아가 페로에게 말했다.

"저기 벅이라는 놈은 온 힘을 다 쏟는군, 가르치면 금방 배울 거야."

프랑수아는 특급 우편물을 서둘러 배달하려고 오후에 빌리와 조라는 순종 에스키모개 두 마리를 더 데려왔다. 두 놈은 형제였는데 같은 어미에게서 나왔지만 밤과 낮처럼 서로 완전히 달랐다. 빌리의 유일한 결점은 너무 온순하다는 것이었다. 반면 조는 아주 딴판이어서 까다롭고 내성적이고 계속 으르렁거리며 눈에 적개심을 가득 품고 있었다. 벅은 그들을 동료로 대했고 데이브는 무시했고 스피츠는 한 놈씩 차례로 혼내 주려 했다. 빌리는 화해를 원한다는 듯이 꼬리를 흔들다가 그런 짓이 아무 효과도 없는 것을 알자 곧 도망치려 했으나, 스피츠의 날카로운 이빨에 옆구리를 물려 (여전히 화해를 원하는 듯) 낑낑거렸다. 그러나 스피츠가 아무리 빙글빙글 돌아도 조는 발꿈치를 휙 돌리면서 적에 맞서 목털을 곤두세우고 귀를 뒤로 젖히고 입술을 이리저리 비틀면서 으르렁대고 턱을 빠르게 딱딱 부딪치며 눈을 악마처럼 번득였다. 조는 무사처럼 달려드는 공포의 화신이었다. 그의 모습이 너무도 무시무시해서 스피츠는 그를 교육하려던 생각을 단념했고 좌절감을 감추기 위해 아무런 저항도 하지 않고 꼬리만 흔드는 빌리를 캠프 경계까지 쫓아 버렸다.

저녁 무렵 페로는 노련한 에스키모개 한 마리를 더 확보했
는데 그놈은 몸이 길고 마르고 수척해 보였다. 얼굴에는 싸움
으로 얻은 흉터 자국이 있었고, 존경을 불러일으키는 용맹심
을 경고하듯이 나타내는 외눈이 번쩍 빛났다. 그의 이름은 솔
렉스였는데 '성난 개'라는 뜻이었다. 그는 데이브처럼 아무것
도 요구하지 않았고 아무것도 주지 않았고 아무것도 기대하
지 않았다. 그가 천천히 그리고 의도적으로 그들 사이를 걸어
갈 때 스피츠조차 그를 건드리지 못했다. 그에게는 한 가지 괴
팍한 점이 있었는데 벅이 운 나쁘게 그걸 발견했다. 솔렉스는
눈이 안 보이는 쪽에서 누가 접근하는 것을 싫어했다. 벅은 아
무 생각 없이 그의 신경을 돋우는 죄를 범했고 그가 번개같이
달려들어 벅의 어깨를 뼈가 드러나도록 위아래로 7센티미터
나 쭉 물어뜯은 후에야 자신의 부주의를 알아챘다. 그때부터
계속 벅은 눈이 멀어 안 보이는 쪽으로 솔렉스에게 접근하지
않도록 조심했고 그들의 우정에 다시는 문제가 생기지 않았
다. 솔렉스의 유일한 야망은 데이브와 마찬가지로 아무도 자
신을 건드리지 못하게 만드는 것처럼 보였다. 비록 그 후에 벅
은 그 둘에게 그보다 절실한 또 다른 야망이 있다는 것을 알
았지만.

그날 밤 벅은 잠자리 문제로 애를 먹었다. 텐트는 하얀 대평
원 한가운데에서 따뜻하게 타오르는 촛불로 밝게 빛났다. 그
가 (판사 댁에서) 늘 그랬듯이 아무 생각 없이 그 속으로 들어
가자 페로와 프랑수아는 그에게 욕설을 해 대며 요리 기구들

을 집어 던졌다. 그는 깜짝 놀라 허겁지겁 정신을 차리고는 수치심을 느끼며 추운 바깥으로 도망쳤다. 쌀쌀한 바람이 살을 에는 듯했고 어깨의 상처에 독을 바른 듯 통증이 몰려왔다. 그는 눈 위에 누워 잠을 청했다. 그러나 곧 찬 기운이 몰려들어 발끝까지 온몸을 떨었다. 버림받은 듯 느끼며 비참해진 그는 텐트 사이를 누비고 다녔으나 어느 곳이나 춥기는 마찬가지였다. 여기저기서 사나운 개들이 그에게 달려들었지만 그는 (빨리 배웠으므로) 목털을 곤두세우고 으르렁거렸고 개들은 길을 비켜 주었다.

마침내 한 가지 생각이 떠올랐다. 그래, 되돌아가서 우리 팀 개들이 어떻게 자는지 살펴보자. 그러나 놀랍게도 그들은 어디에도 없었다. 그는 다시 한 번 널따란 캠프 사이로 동료들을 찾으러 다니다가 되돌아왔다. 그렇다면 텐트 안에 있단 말인가? 아니야, 그럴 리는 없어. 나만 쫓겨날 리가 없거든. 그렇다면 도대체 어디에 있는 걸까? 그는 꼬리를 늘어뜨리고 몸을 떨면서 정말로 서글퍼져서 정처 없이 텐트 사이를 맴돌았다. 그런데 갑자기 그의 발밑에서 눈이 부서지며 아래로 풀썩 꺼졌다. 그의 다리 밑에서 뭔가가 꿈틀했다. 보이지도 않고 알지도 못하는 것에 두려움을 느낀 그는 털을 곤두세우고 으르렁대며 펄떡 뒤로 물러섰다. 그러나 낮고 친근한 소리에 안심하고 다시 살피기 시작했다. 그의 콧속으로 따스한 열기가 훅 끼쳐 왔다. 눈 밑 아늑한 공간에서 빌리가 몸을 구부리고 누워 있었다. 그는 달래듯이 낑낑거렸고 자신의 선의와 반가움을 표시하려고 몸을 움츠려 꼬리를 흔들었다. 빌리는 평화를 위한 뇌물로 벅의 얼굴을 따뜻하게 젖은 혀로 핥아 주려고까지 했다.

또 하나를 배웠다. 아하, 이것이 잠자는 방식이구나. 벅은 자신만만하게 잠자리를 고르고 야단스럽게 구덩이를 파느라 힘을 썼다. 즉시 몸에서 나는 열기가 작은 공간을 꽉 채웠고 그는 잠이 들었다. 그날은 길고 힘든 날이었다. 비록 악몽 때문에 짖기도 하고 으르렁대기도 하고 몸을 뒤척이기도 했지만 그는 편안히 곤한 잠을 잤다.

캠프 사람들이 부스럭거리며 일어나는 소리에 잠이 깰 때까지 벅은 눈을 뜨지 않았다. 처음에 그는 자신이 어디에 있는지 몰랐다. 밤새 눈이 내려서 그의 몸이 완전히 파묻혔던 것이다. 사방을 짓누르는 눈 벽 때문에 순간적으로 공포가 전신을 타고 올라왔다. 그것은 함정에 대한 야생동물의 두려움이었다. 그 두려움은 벅이 자신의 삶을 통해 아득한 조상들의 삶으로 되돌아가고 있다는 증거였다. 그는 문명화된 개였다. 지나칠 만큼 문명화되어서 결코 함정에 빠진 적도 없었고 따라서 그런 두려움을 느낄 일도 없었다. 벅은 온몸의 근육을 본능적으로 부르르 떨며 바짝 긴장하고 목과 어깨 털을 곤두세운 채 사납게 으르렁 짖고 나서, 번쩍이는 구름 속에서 눈발이 흩날려 앞이 안 보이는 아침 속으로 높이 튀어 올랐다. 발이 땅에 채 닿기도 전에 그는 눈앞에 펼쳐진 하얀 캠프를 보았고 자신이 어디에 있는지 알았다. 그는 마누엘과 함께 산책을 나왔을 때부터 전날 밤 잠자리를 파던 때까지를 기억해 냈다.

그 모습에 프랑수아가 환호성을 질렀다.

"내가 말했잖아?"

그 썰매 몰이꾼은 페로에게 소리쳤다.

"저 벅이란 놈, 정말 빨리 터득할 거라고."

페로는 신중하게 고개를 끄덕였다. 중요한 우편물을 맡는 캐나다 정부의 배달원으로 최고의 개들을 확보하고 싶었던 그는 무엇보다 벅을 얻은 것이 무척 기뻤다.

한 시간 후에 에스키모개 세 마리가 팀에 합류해 모두 아홉 마리가 되었고 십오 분이 채 지나기도 전에 그들은 모두 썰매에 연결되어 다이 협곡을 향해 출발했다. 벅은 출발한 것이 기뻤다. 힘들기는 했지만 경멸할 일은 아니라고 제 나름대로 판단했다. 그는 팀 전체에 흐르는 힘찬 열기와 그 힘이 곧 자신에게도 전달되는 것에 놀랐다. 그러나 데이브와 솔렉스에게 일어난 변화가 더욱 놀라웠다. 끈에 연결되는 순간 그들은 전혀 다른 개가 되었다. 수동적이고 무관심하던 태도는 씻은 듯이 사라졌다. 그들은 민첩하고 활발하며 일이 잘 풀리기를 열망하여, 혹시 늦어지거나 혼란이 생겨 일이 지체되면 지독하게 초조해했다. 썰매 끈에 묶여 일하는 것은 그들 존재에 대한 최상의 표현이었고 그들이 사는 이유였고 그들이 기쁨을 느끼는 유일한 일이었다.

데이브가 썰매 바로 앞자리를 차지했고 그 앞에 벅이, 그 앞에 솔렉스가 달렸다. 나머지 개들은 거기에서부터 제일 앞에서 달리는 스피츠까지 일렬로 연결되어 달렸다.

벅은 의도적으로 데이브와 솔렉스의 중간에 배치되어 가르침을 받았다. 벅이 민첩한 학생이듯이 그들도 민첩한 선생이어서 잘못을 재빨리 고쳐 줬으며 날카로운 이빨로 가르침을 전수했다. 데이브는 공정하고 아주 현명했다. 그는 결코 이유 없이 벅을 깨물지 않았고, 또 깨물어야 할 때를 놓치는 법도 없었다. 프랑수아의 채찍이 그를 지지했기에 벅은 자신이 방식을 고치는 것이 복수하는 것보다 더 낫다는 것을 깨달았다. 한번은 잠깐 멈춘 사이에 벅이 끈에 엉켜 출발이 늦어지자 데이브와 솔렉스는 그에게 달려들어 적절히 혼을 냈다. 그 때문에 끈은 더 심하게 엉켰지만 벅은 그 이후로 다시는 그런 일이 없도록 단단히 조심했다. 그리고 하루가 끝나기 전에 벅은 자기 일을 습득했으므로 동료들은 더 이상 그를 괴롭히지 않았다. 프랑수아의 채찍질도 뜸해졌고 페로는 영광스럽게도 벅의 발을 들어 올려 주의 깊게 살펴 주기까지 했다.

힘든 하루였다. 협곡까지 달려서 십 캠프를 지나 스케일 언덕과 수목한계선을 통과하고 빙하를 가로질러 몇십 미터 깊이의 눈 속을 달렸다. 그리고 염수와 담수 사이에 놓인 채 쓸쓸하고 외로운 북극을 가로막듯이 지키고 있는 거대한 칠쿳 분수령을 넘었다. 그들은 사화산의 분화구를 채우며 쭉 늘어선 호수들을 빠르게 지나갔다. 그리고 밤늦게 베닛 호수 입구에 있는 거대한 캠프에 도착했는데 그곳에서는 황금을 찾아온 수많은 사람들이 봄이 되면 얼음이 녹을 것에 대비해 보트를 만들고 있었다. 벅은 눈 속에 구덩이를 파고 피곤에 지쳐 곤한 잠 속으로 푹 빠져들었다. 그러나 너무 일찍 추운 어둠 속으로 불려 나가 동료들과 함께 썰매에 다시 매여야 했다.

그날은 길이 다져져 있어서 60킬로미터를 달렸다. 그러나 다음 날 그리고 그다음 날들은 스스로 길을 만들어 가며 달려야 했기에 더 열심히 했으나 더 더디게 갔다. 언제나 그렇듯이 페로는 그들이 쉽게 달리도록 팀 앞에서 오리발 같은 신발을 신고 눈을 다져 주었다. 채찍을 잡고 썰매를 인도하는 프랑수아는 가끔 페로와 교대했으나 그런 경우는 드물었다. 페로는 서둘렀다. 그는 얼음에 관해 잘 아는 것을 자랑스러워했는데 그것은 필수 지식이었다. 가을철 얼음은 아주 얇았고 급류에서는 물이 얼지 않았기 때문이다.

하루가 가고 이틀이 가고 언제 끝날지 모르는 날들을 벅은 끈에 묶여 달렸다. 언제나 그들은 어둠 속에서 캠프를 걷고 부연 첫새벽에 이미 새로운 길을 뒤로하며 박차고 나갔다. 그리고 항상 어두워져서야 캠프를 치고 물고기를 조금 먹고는 눈 속에서 웅크린 채 잠이 들었다. 벅은 늘 배가 고팠다. 매일 배급받는 말린 연어 700그램은 어디로 들어가는지 알 수 없었다. 그는 배가 부른 적이 한 번도 없었고 언제나 굶주림의 고통에 시달렸다. 그러나 다른 개들은 몸무게가 덜 나가는 데다 그런 생활에 익숙해서 물고기 450그램만으로도 건강을 유지했다.

벅은 예전의 까다로운 식습관을 곧 잊었다. 우아하게 먹으면 먼저 다 먹은 동료가 그의 남은 음식을 강탈했다. 그것을 막을 길은 없었다. 그가 두세 놈들과 싸우고 있으면 어느새 다른 놈들의 목구멍이 그 음식을 먹어 치웠다. 그도 다른 놈들만큼 재빨리 먹어 치우는 것이 유일한 방법이었다. 너무 심하게 굶주려서 이제는 남의 것을 넘보는 짓도 서슴지 않았다. 그는 남들을 지켜보고 배웠다. 페로가 등을 돌린 사이 요리조리 핑계 대고 훔치기 잘하는 교활한 파이크가 재빠르게 베이컨 한 조각을 훔치는 것을 본 그는 다음 날 그대로 따라 해서 베이컨을 덩어리째 훔쳤다. 대소동이 벌어졌으나 그는 의심받지 않았다. 그 대신 평소에 하는 짓이 서툴러 늘 들키는 더브가 벅의 도둑질을 뒤집어쓰고 벌을 받았다.

이 첫 도둑질은 살아남기 힘든 북극에서 벅이 적응할 수 있다는 것을 보여 준 증표였다. 환경 변화에 순응할 수 있는 그의 적응력을 암시했는데 그것이 없으면 곧바로 끔찍한 죽음을 피할 길이 없었다. 그것은 한 걸음 나아가 그의 도덕성이 마모되고 붕괴되는 과정이기도 했다. 생존경쟁이라는 무자비한 투쟁에서 도덕성은 허영에 불과하고 장애물에 지나지 않았다. 개인의 감정과 재산을 존중하는 것은 사랑과 동포애의 법이 발휘되는 남부에서나 가능했다. 그러나 곤봉과 송곳니가 지배하는 북극에서 그런 것을 지키는 놈은 바보였고 그러다가는 살아남지 못했다.

벅이 그것을 추론해서 알아낸 건 아니었다. 그는 적응했고 그게 전부였다. 무의식적으로 그는 새로운 삶의 방식에 자신을 맞췄을 뿐이다. 그때까지 벅은 아무리 힘들어도 결코 싸움에서 도망친 적이 없었다. 그러나 붉은 스웨터 입은 사내의 곤봉은 근원적이고 원시적인 방식으로 단숨에 그를 길들여 버렸다. 문명화되었을 때의 그는 도덕적 배려, 말하자면 밀러 판사의 말채찍을 위해서라면 목숨을 바칠 수도 있었다. 그러나 그런 문명화가 한순간에 모조리 사라질 수 있다는 것을 지금 그의 도덕적 해이가 증명해 줬다. 벅은 목숨을 부지하기 위해서 도덕적 배려를 저버렸다. 그는 재미가 아니라 배 속에서 일어난 소동 때문에 음식을 훔쳤다. 그는 당당하게 훔친 것이 아니라 곤봉과 송곳니의 지배 아래 몰래 교활하게 훔쳤다. 한마디로 그는 하지 않는 것보다 하는 것이 더 쉬웠기 때문에 그짓을 했다.

벅의 발전(아니 퇴보)은 빠르게 이뤄졌다. 그의 근육은 쇳덩이처럼 단단해져서 웬만한 고통에는 무뎌졌다. 그는 내적, 외적으로 경제성을 추구했다. 그는 아무리 흉하고 소화가 어려운 음식이라도 무엇이든지 먹어 치웠다. 일단 먹으면 위액은 마지막 한 방울까지 그것을 빨아들였다. 혈관은 그것을 몸 구석구석에 전달해서 가장 단단하고 여문 조직을 만들어 냈다. 시각과 후각이 굉장히 예민해졌고, 잠들어서도 가장 작은 소리까지 들으며 그것이 위험의 신호인지 평화의 예고인지 분간할 정도로 청각이 발달했다. 그는 발가락 사이에 낀 얼음을 이빨로 물어뜯어 내는 법도 배웠다. 목마를 때 얼음이 아무리 단단하고 두꺼워도 뒷발을 단단히 바닥에 대고 강한 앞발을 쳐들어 물구덩이의 얼음을 깨뜨릴 수 있었다. 그의 두드러진 특징 가운데 하나는 바람의 냄새를 맡을 수 있어서 하룻밤 전에 그것을 알아챈다는 점이었다. 벅이 나무나 강둑 옆에 잠자리를 팔 때는 바람 한 점 없다가 얼마 후에 바람이 불면 그것은 늘 그의 포근하고 아늑한 잠자리를 비껴갔다.

그는 경험에서도 배웠지만 그보다 오랫동안 죽어 있던 본능이 되살아나서 그렇게 빨리 적응할 수 있었다. 길든 세대의 유산들이 그에게서 떨어져 나갔다. 그는 막연하게나마 길들던 초창기를 기억해 냈다. 야생의 개들 무리가 원시림 속에서 먹이를 쫓아 죽이던 시대를 기억해 냈다. 베고 자르고 늑대처럼 물어뜯는 식의 싸움을 배우는 것은 조금도 힘들지 않았다. 이런 방식으로 그의 내부에서 잊힌 조상들이 싸웠다. 그들은 벅의 몸속에서 옛 방식을 재빨리 되살려 냈고 그들이 대대로 종족 속에 새겨 놓았던 전략들을 그의 것으로 만들었다. 그런 것들은 아주 쉽게 저절로, 마치 언제나 그의 방식이었다는 듯이 찾아왔다. 추운 밤에 그는 별을 향해 코를 쳐들고 늑대처럼 길게 울었다. 죽어서 먼지가 된 그의 조상들이 하던 행동이었다. 별을 향해 코를 쳐들고 길게 우는 조상의 소리는 몇 세기를 거쳐 그의 몸 안에 잠재해 있던 선율이었다. 그리고 그의 선율은 슬픔을 알리던 조상들의 것이었고 그들에게 적막과 추위와 어둠을 의미했다.

이렇게 인생이란 꼭두각시 같은 것임을 증명하듯이 옛 선율이 벅의 몸 안에서 솟구쳤고 그는 다시 자기 자신에게로 돌아갔다. 인간들이 북극에서 황금을 발견했기 때문에, 마누엘이 아내와 자신을 빼닮은 자식들의 욕구를 충족시키지 못할 정도로 임금이 적었기 때문에 그는 그렇게 원시적인 모습으로 되돌아갔다.

3
우월한 원초적 야수

벅의 내부에서 그를 압도하는 원초적 야수는 강력했고, 사나운 썰매개의 생활은 그것을 점점 더 키웠다. 그러나 성장은 은밀하게 이루어졌다. 눈치 보는 법을 새롭게 배운 그는 자제할 줄 알고 침착해졌다. 그는 새로운 생활에 적응하느라 너무나 바빠서 한시도 마음을 놓을 수 없었고, 싸움을 벌이지 않도록 또 가능하면 싸움에 말려들지 않도록 조심했다. 그의 행동에는 일종의 절제가 있었다. 그는 결코 성급하게 굴거나 즉흥적으로 행동하지 않으려 했다. 그래서 스피츠에 대한 증오가 깊어 가도 그를 불쾌하게 자극하거나 겉으로 증오를 드러내는 일은 하지 않았다.

반면 벅을 위험한 라이벌이라고 느낀 탓인지 스피츠는 자신의 이빨을 드러낼 기회를 틈틈이 엿봤다. 그는 벅을 약 올리는 행위도 서슴지 않았고 둘 중 하나가 죽어야 끝나는 싸움을 끊임없이 일으키려 했다.

뜻하지 않은 사건이 일어나지 않았다면 아마 초기에 그런 일이 벌어졌을지도 모른다. 하루가 끝나 가던 무렵, 그들은 라베르지 호숫가에 궁색하고 초라한 캠프를 쳤다. 눈보라가 몰아치고 바람이 흰 칼날처럼 살을 에고 날도 어두워서 그들은 캠핑 장소를 더듬더듬 물색했다. 그보다 더 힘든 여행은 없었을 것이다. 등 뒤로 암벽이 수직으로 솟아 있어 페로와 프랑수아는 얼어붙은 호수 위에 불을 피우고 잠자리를 펴야 했다. 짐을 덜기 위해 다이에서 텐트를 버렸던 것이다. 그들은 굴러다니던 나뭇가지 몇 개를 주워다 불을 피웠으나 불꽃이 얼음 속으로 잦아들어 어둠 속에서 저녁밥을 먹었다.

벅은 눈보라를 막아 주는 바위 밑에 바짝 붙어서 잠자리를 만들었다. 어찌나 아늑하고 따스했던지 프랑수아가 불 위에서 맨 처음 녹인 고기를 나눠 줄 때조차 그는 자리를 뜨기가 싫었다. 그런데 벅이 음식을 먹고 제자리로 돌아왔을 때 누군가가 그 자리를 점령하고 있었다. 으르렁 경고하는 소리를 들으니 그 침입자는 스피츠였다. 지금까지 벅은 적과 문제를 일으키지 않으려고 피해 왔으나 이건 너무했다. 그의 내부에서 야수가 꿈틀거렸다. 그는 분노에 차 돌진했는데 그 순간 둘 다 깜짝 놀랐다. 특히 스피츠가 놀라 자빠진 것은 그때까지의 경험에 비춰 보아 라이벌인 벅을 그저 덩치와 무게로 한몫하려는 아주 소심한 놈으로 알았기 때문이다.

프랑수아도 엉망이 된 잠자리에서 그 둘이 한데 뒤엉켜 뛰쳐나오는 장면에 깜짝 놀랐으나 곧 원인을 알아차렸다. 그는 벅에게 소리쳤다.

"오오라! 그놈을 가르쳐, 더러운 도둑놈에게 본때를 보여 주라고!"

스피츠 역시 질 놈이 아니었다. 분노에 차 으르렁대며 벅의 주변을 앞뒤로 맴돌면서 쳐들어올 기회를 노렸다. 벅도 그 못지않게 분노가 타올라 조심스럽게 놈의 주변을 맴돌면서 선수(先手)를 노렸다. 그러나 바로 그때 예기치 못한 일이 터졌다. 둘이 힘을 겨룰 기회를 먼 미래로, 썰매 끌기라는 고된 일을 몇 킬로미터 더 겪고 난 후로 미뤄 놓는 사건이 일어났다.

페로의 욕지거리, 뼈만 앙상한 몸에 부딪치는 곤봉 소리, 고통스럽게 외치는 날카로운 비명 등이 대혼란을 알렸다. 어느 인디언 부락에서 냄새를 맡고 달려든 팔십에서 백 마리 정도의 굶주린 에스키모개들, 뼈에 가죽을 입힌 듯한 앙상한 개들이 몰래 캠프에 침입해 온통 법석을 떨었다. 그놈들은 벅과 스피츠가 싸우는 사이 몰래 들어왔다. 놈들은 두 사내가 단단한 곤봉을 들고 달려들어도 흰 이빨을 드러내며 대들었다. 그들은 음식 냄새를 맡고 흥분했다. 페로는 한 놈이 식료품 상자 속에 머리를 처박고 있는 것을 보고 곤봉으로 그놈의 앙상한 옆구리를 세차게 내리쳤고 그 상자는 바닥에 뒤집어졌다. 그 순간 굶주린 개 스무 마리 정도가 빵과 베이컨을 향해 달려들었다. 곤봉이 그놈들의 몸을 수없이 내리쳤다. 그들은 빗발처럼 퍼붓는 곤봉에 비명을 지르면서도 마지막 빵 부스러기까지 몽땅 먹어 치웠다.

그러는 사이 놀란 썰매개들이 잠자리에서 튀어나왔으나 그저 사나운 침입자들에게 사정없이 공격을 받을 뿐 별 도리가 없었다. 벅은 그런 개들을 처음 봤다. 마치 뼈가 가죽 밖으로 튀어나올 것 같았다. 그들은 더러운 가죽을 허술하게 덮어쓰고 타오르는 눈과 침이 흐르는 송곳니를 가진 앙상한 해골이었다. 그러나 굶주림으로 인한 광기는 그들을 무적으로 만들었다. 그들을 이겨 낼 도리가 없었다. 썰매개들은 습격당하는 순간 곧바로 암벽까지 쫓겨났다. 벅은 에스키모개 세 마리에게 포위당했는데 순식간에 머리와 어깨가 놈들에게 물리고 찢겼다. 소름 끼치는 소동이었다. 빌리는 늘 그랬듯이 징징 울었고, 데이브와 솔렉스는 수많은 상처에서 피를 줄줄 흘리면서도 나란히 붙어서 용감하게 싸웠다. 조는 악마처럼 물어뜯었다. 그의 이빨이 에스키모개의 앞다리를 물어 뼈까지 우두둑 씹은 적도 있었다. 요리조리 머리를 잘 굴리는 파이크는 절름발이에게 달려들어 이빨로 꽉 물더니 홱 잡아채 목을 부러뜨려 놓았다. 벅은 거품을 문 적의 목을 꽉 물었는데 이빨이 정맥까지 파고들어 솟구치는 피 세례를 받았다. 따스한 피 맛이 그를 더욱 사납게, 미치도록 흥분하게 만들었다. 그는 순식간에 다른 놈에게 뛰어들었는데 그 순간 자신의 목에 이빨이 파고드는 것을 느꼈다. 적과 싸우다가 비열하게 동료를 옆에서 공격한 스피츠의 이빨이었다.

　페로와 프랑수아는 캠프에서 개들을 쫓아내자마자 썰매개들을 구하기 위해 나섰다. 굶주린 야수들이 그들 앞에서 물러나기 시작했고 벅도 자유롭게 풀려났다. 그러나 잠시뿐이었다. 두 사람은 다시 음식 상자를 보호하기 위해 달려가야 했다. 그 순간, 개 떼는 다시 썰매개들을 공격하기 시작했다. 극도로 공포스러워서 오히려 용맹해진 빌리가 사나운 무리를 뚫고 얼음 위로 도망쳤다. 파이크와 더브가 그 뒤를 쫓았고, 이어서 나머지 개들이 뒤따랐다. 벅이 그들을 뒤쫓으려고 몸을 날리려다 힐끗 보니 스피츠가 그를 넘어뜨리려고 달려드는 게 아닌가. 한번 넘어지면 개 떼에게 짓밟혀 살아날 가망이 없었다. 벅은 정신을 바짝 차려 스피츠의 공격을 받아 내고는 호수 위에 있는 자기 팀을 향해 도주했다.

그 후 썰매개 아홉 마리는 한데 모여 숲 속에 쉴 곳을 마련했다. 비록 추격당하지는 않았으나 그들은 아주 비참했다. 네다섯 군데쯤 다치지 않은 개가 없었고 몇 마리는 중상을 입었다. 더브는 뒷다리를 심하게 다쳤고 다이에서 마지막으로 팀에 합류한 돌리는 목이 심하게 찢어졌으며 조는 한쪽 눈을 잃었다. 착한 빌리는 너덜너덜해진 리본처럼 귀를 짓씹혀 밤새 낑낑대며 울었다. 새벽녘에 그들은 다리를 절뚝거리며 조심스레 캠프로 돌아왔다. 약탈자들은 사라졌지만 두 사내는 기분이 좋지 않았다. 식료품의 반 이상이 없어졌고 개들은 썰매의 밧줄과 천으로 만든 덮개를 짓씹어 놓았다. 전혀 먹을 수 없는 것까지 그들의 이빨을 피한 것은 하나도 없었다. 개들은 페로의 사슴 가죽신 한 켤레를 먹어 치웠고 썰매개들을 묶는 가죽 끈들을 토막 내 먹었고 프랑수아의 가죽 채찍을 끝에서 30센티미터가량 먹어 치웠다. 프랑수아는 그것을 우울하게 바라보다가 상처 입은 개들에게 시선을 돌렸다.

"오, 내 친구들."

프랑수아는 부드럽게 말했다.

"이렇게 많이 물렸으니 미친개가 되면 어쩌나. 모두 미친개가 될지도 몰라, 제기랄! 이봐, 페로, 그렇지 않아?"

배달원은 부정하듯이 고개를 흔들었다. 도슨까지 아직도 650킬로미터나 남았는데 개들 가운데 미친개가 나타나면 큰일이었다. 두 사람은 두 시간 동안 투덜거리며 애를 써서 간신히 장비를 다시 갖추고 상처가 딱딱해진 개들과 여정에 올랐다. 지금까지 왔던 길 가운데 가장 힘든 여정이었는데 그런 점에서 본다면 그들이 도슨에 도착할 때까지 가장 험난한 고비였다.

서티마일 강이 넓게 펼쳐져 있었다. 물살이 광폭해서 얼 틈이 없었고 얼음이 그나마 좀 붙은 곳은 소용돌이치거나 흐름이 고요한 곳이었다. 이 끔찍한 50킬로미터를 질주하는 데 엿새 동안의 힘겨운 노동이 필요했다. 사람에게나 개에게나 똑같이 걸음마다 목숨을 건 위험이 따르는, 그야말로 끔찍한 여행길이었다. 페로는 앞장서서 길을 더듬다가 얼음이 얇게 덮인 곳을 열두 번이나 부서뜨렸고 그가 들고 다니던 장대로 겨우 목숨을 건지곤 했다. 그 장대는 그의 몸무게로 얼음이 부서져 생긴 구멍 양쪽에 걸리게 되어 있었다. 그러나 한파가 닥쳐와 온도계가 영하 50도를 기록하자 그는 구덩이에 빠질 때마다 살기 위해 불을 피우고 옷을 말려야 했다.

그러나 페로는 결코 기죽지 않았다. 그가 정부의 배달원으로 선발된 것은 결코 기죽지 않기 때문이었다. 그는 어떤 위험도 무릅쓰고 그의 작고 시든 얼굴을 찬 얼음 속에 단호하게 들이밀었으며 희미한 새벽부터 어두워질 때까지 분투했다. 그들은 발밑에서 우그러들며 깨지는 얼음 때문에 한순간도 마음 놓고 발을 붙이지 못하는, 얼음이 얇게 깔린 험악한 강의 가장자리를 따라갔다. 한번은 썰매가 얼음을 깨뜨려서 벅이 데이브와 함께 얼음 밑으로 빠졌다. 간신히 끌려 나왔을 때 그들은 물에 푹 젖어 반쯤 얼어 버린 상태였다. 살기 위해서는 불이 필요했다. 얼음이 그들의 온몸을 단단히 뒤덮었으므로 두 사내는 얼음을 녹이고 땀이 나도록 그들을 불 가에서 맴돌며 계속 달리도록 했다. 그들이 어찌나 불 가까이에서 달렸던지 털이 그을릴 정도였다.

또 한번은 스피츠가 물에 빠지면서 벅의 바로 앞에 있는 개들까지 몽땅 끌고 들어갔다. 벅은 온 힘을 다해 뒤로 버텼는데 앞발이 구덩이 속으로 미끄러질 듯했고 사방에서 얼음이 흔들리며 탁탁 깨지는 소리가 났다. 그러나 그의 뒤에 있는 데이브 역시 힘껏 당겨 주었고 또 그 뒤에 있는 프랑수아도 힘줄에서 우두둑 소리가 날 때까지 힘껏 당겼다.

강가의 얇은 얼음이 썰매의 앞뒤로 깨져 살아날 길이라고는 절벽 위로 기어오르는 수밖에 없었던 적도 있었다. 프랑수아가 한 번만 살려 달라고 비는 동안 페로가 기적적으로 절벽을 기어올라 갔다. 그리고는 썰매의 밧줄과 장비의 마지막 토막 난 줄 하나까지 몽땅 엮어 긴 밧줄을 만든 다음 개들을 한 놈씩 절벽 꼭대기 평평한 곳으로 올렸다. 썰매와 짐들까지 모두 올라온 다음에 프랑수아가 맨 나중에 올라왔다. 그리고 나서 다시 내려갈 길을 찾기 시작했다. 결국 다시 밧줄을 이용해서 내려가야 했다. 강바닥으로 되돌아오자 그날 가야 할 길이 아직 400미터나 남았는데 밤이 찾아왔다.

그들이 후탈린쿠아강의 단단한 얼음에서 벗어났을 때 벅은 더 이상 한 발자국도 움직이지 못할 정도로 피곤했다. 다른 개들도 사정은 비슷했다. 그러나 페로는 손해 본 시간을 만회하려고 밤늦게까지 그리고 아침 일찍부터 그들을 다그쳤다. 첫 날 그들은 55킬로미터를 달려 빅새먼까지 갔고 다음 날에는 또다시 55킬로미터를 달려 리틀새먼까지 갔다. 셋째 날에는 65킬로미터를 달려 파이브핑거스에 아주 가까이 갔다.

벅의 발은 에스키모개들처럼 그리 단단하고 야무지지 못했다. 원시시대 마지막 조상이 동굴이나 강가에 사는 사람들에게 길든 후 몇 세기가 지나는 동안 그의 발은 부드러워졌다. 하루 종일 그는 고통스럽게 절룩거리다가 캠프가 마련되면 죽은 개처럼 퍼졌다. 배가 고팠지만 꼼짝도 할 수 없어 결국 프랑수아가 물고기를 날라 주었다. 그리고 프랑수아는 저녁 식사가 끝나면 매일 밤 삼십 분씩 벅의 발을 비벼 주더니 자신의 사슴 가죽신 윗부분을 잘라 벅의 신발 네 짝을 만들어 줬다. 그것은 큰 도움이 되었다. 어느 날 아침 프랑수아가 사슴 가죽신을 깜박 잊자 벅은 땅에 벌렁 누워 네 발을 공중에서 애원하듯이 흔들며 신발 없이는 나가지 않겠다고 해서 주름살투성이 페로의 얼굴을 히죽 웃게 만들었다. 점차 벅의 발은 고된 일에 알맞게 단단해졌고 그는 닳은 신발을 벗어 던졌다.

어느 날 아침 펠리 강에서 일행이 출발 준비를 하고 있는데 그때까지 아무 증세를 보이지 않던 돌리가 갑자기 발광하기 시작했다. 그 암캐는 가슴이 무너지는 듯한 늑대 울음을 길게 우는 것으로 자신의 상태를 알려 다른 개들을 공포로 몰아넣고 털이 곤두서게 만들었다. 그러고는 곧장 벅을 향해 달려들었다. 벅은 미친개를 본 적이 없었고 광기를 두려워할 어떤 이유도 없었지만 이거야말로 끔찍하다는 것을 알아채고 공포에 질려 도망치기 시작했다. 벅이 도망치자 돌리도 헐떡거리며 입에 거품을 물고 바짝 뒤쫓았다. 벅의 공포가 너무도 컸기에 돌리는 그를 잡을 수 없었고, 돌리의 광기가 너무나 심해서 벅은 그녀를 따돌릴 수 없었다. 벅은 숲이 우거진 섬 한복판을 내달려 낮은 지대 끝까지 갔다가 울퉁불퉁한 얼음이 꽉 들어찬 뒤쪽 수로를 건너 다른 섬으로 갔다가 다시 세 번째 섬으로 갔다. 그러고는 강 본류로 되돌아와서 필사적으로 그 강을 건너기 시작했다. 바라볼 수는 없었지만 돌리가 바로 한 발자국 뒤에서 으르렁대는 것이 계속 들렸다. 프랑수아는 400미터 떨어진 곳에서 그를 향해 소리쳤고 벅은 그가 자기를 구해줄 것이라 믿으며 방향을 바꾼 다음 숨을 헐떡이며 미친개보다 한 발 앞서 죽을 힘을 다해 달려갔다. 벅이 그 앞을 총알처럼 지나치자 바로 그 순간 도끼를 높이 쳐들고 있던 프랑수아가 미친 돌리의 머리 위로 도끼를 힘껏 내리쳤다.

벅은 숨을 헐떡이면서 지쳐 비틀거리며 썰매에 부딪쳤다. 스피츠에게는 이때가 기회였다. 그는 벅에게 달려들어 무력한 적을 이빨로 두 번이나 물어뜯어 뼈까지 드러냈다. 그러자 프랑수아가 채찍을 내려쳤고 벅은 스피츠가 그때까지 누구도 그렇게 심하게 맞아 본 적이 없는 최고의 벌을 받는 것을 보자 만족했다. 페로가 말했다.

"저 악마 같은 스피츠 놈. 언젠가 저놈이 반드시 벅을 죽이고 말 거야."

"벅이란 놈은 두 배로 악마야. 지금까지 줄곧 저놈을 지켜봐서 잘 알아. 언젠가 때가 되면 저놈이 길길이 미쳐서 스피츠린 놈을 갈기갈기 씹어 눈 위에 내팽개칠걸. 틀림없어, 난 알아."

프랑수아가 되받았다.

그때 이후로 둘 사이에서 전쟁이 시작되었다. 팀의 주인이요, 대장으로 공인받은 스피츠는 이상한 남부 개에게 자신의 우월성이 위협받는다고 느꼈다. 그도 그럴 것이 그가 알아 온 많은 남부 개들 가운데 벅처럼 야영 생활이나 썰매 끌기에서 능력을 보여 준 개는 단 한 마리도 없었다. 그들은 모두 너무 연약해서 노역에, 동상에, 굶주림에 죽었다. 벅만이 달랐다. 그만이 그것을 참아내고 발전했으며 힘이나 야만성이나 교활함에서 에스키모개들과 맞먹었다. 그는 대장감이었다. 그를 위험한 존재로 만든 것은 붉은 스웨터 입은 사내의 곤봉이었다. 네가 대장이 되고자 한다면 무모한 용기와 성급함은 금물이다. 이것을 곤봉의 사내가 벅에게 가르쳤다. 벅은 별나게 교활해서 원시 동물이 그랬듯이 인내심을 가지고 자신의 시간이 올 때를 기다릴 줄 알았다.

누가 대장이 될 것인가를 놓고 피할 수 없는 싸움이 벌어지게 되어 있었다. 벅은 바로 그 싸움을 원했다. 그것은 그의 본성이었다. 그는 썰매 끈에 묶여 질주하는 일, 끈에 묶여 마지막 숨을 토해 낼 때까지 달리는 그 일, 팀에서 떨어져 나간다면 가슴이 무너져 내릴 것 같은 그 일을 하면서 표현하기 어렵고 이해하기 힘든 어떤 자부심에 단단히 사로잡혔다. 그것은 썰매 앞자리를 차지할 때 데이브가 느끼는 긍지였고 온 힘을 다해 달릴 때 솔렉스가 느끼는 자부심이었다. 캠프를 철수할 때 그들을 사로잡는 긍지였고, 그들을 시들하고 뚱한 짐승에서 기운차고 열정적이고 야망에 가득 찬 동물로 바꿔 놓는 자부심이었다. 낮에는 그들의 원기를 북돋우다가 밤이 되면 캠프에서 그들을 침울한 불안과 불만으로 끌어내리는 그런 자부심이었다. 스피츠가 달릴 때 실수하거나 꾀부리는 개들이나 아침에 끈에 연결될 때 숨어 버리는 개들을 혼내 주면서 자신을 지탱하는 자부심이었다. 바로 그 자부심 때문에 그는 대장이 될 가능성이 있는 벅을 두려워했고 벅도 마찬가지였다.

벅은 이제 공공연히 스피츠의 지도력을 위협했다. 벅은 스피츠와 그가 벌주어야 할 게으른 개들 사이에 끼어들었다. 그는 의도적으로 그렇게 했다. 어느 날 밤 폭설이 쏟아진 후 아침에 꾀부리는 파이크가 눈에 띄지 않았다. 그는 눈이 30센티미터나 쌓인 포근한 잠자리에 숨어 있었다. 프랑수아가 그를 부르며 찾았으나 헛일이었다. 분노한 스피츠는 거칠어졌다. 그는 그럴듯한 장소마다 코를 킁킁대고 앞발로 헤쳐 보면서 캠프를 뒤지고 다녔는데 으르렁대는 그의 소리가 어찌나 무서웠던지 파이크는 숨은 곳에서 그 소리를 듣고 벌벌 떨었다.

마침내 발각된 파이크를 벌주려고 스피츠가 달려들었을 때 벅이 똑같이 사나운 기세로 그들 사이에 끼어들었다. 그 일이 어찌나 뜻밖이었던지, 어찌나 눈 깜짝할 사이에 일어났던지 스피츠는 뒤로 물러나면서 넘어졌다. 절망에 떨고 있던 파이크는 갑작스러운 반란에 용기를 얻어 쓰러진 대장에게 덤벼들었다. 이미 '정정당당한 대결 정신'을 잊은 벅도 스피츠에게 달려들었다. 그것을 보고 낄낄 웃던 프랑수아는 언제나 공정하게 처벌하는 데 흔들림이 없었기에 벅을 향해 채찍을 힘껏 내리쳤다. 그러나 채찍도 벅을 넘어진 적수에게서 떼어 놓지는 못했다. 그래서 이번에는 프랑수아가 채찍 손잡이 막대를 휘둘렀다. 심한 타격을 입고 떨어져 나간 벅은 계속 채찍을 맞았고 스피츠는 대장을 배반한 파이크를 몇 번이나 철저하게 벌주었다.

그 후 도슨에 점점 가까워지는 와중에도 벅은 여전히 스피츠와 죄지은 개들 사이에 끼어들었다. 그러나 이제 그는 프랑수아가 없는 틈을 타서 교묘하게 일을 벌였다. 벅은 은밀하게 반란을 주도했고 반란은 팀 안에서 점차 모든 개에게 확대되어 갔다. 데이브와 솔렉스는 무심했으나 그 둘을 제외한 나머지 개들의 상태는 악화되었다. 모든 일이 제대로 되지 않았다. 싸움과 소란이 끊이지 않았다. 문제가 계속 일어났는데 그 배후에는 언제나 벅이 있었다. 벅은 늘 프랑수아를 긴장하게 만들었다. 이 썰매꾼은 조만간 둘 사이에서 죽느냐 사느냐 하는 처절한 대결이 일어날 것을 미리 알았다. 그래서 며칠 밤 동안 어디선가 다른 개들 사이에서 분쟁이나 소란이 일어나면 그는 벅과 스피츠가 개입된 것이 아닌가 걱정하며 잠을 설쳤다.

그런 일이 아직 벌어지지 않은 어느 음산한 오후, 그들은 커다란 대결을 앞두고 도슨에 도착했다. 도슨에서는 많은 사람들과 개들이 버글댔는데 벅은 그들이 모두 일을 하고 있음을 알았다. 개들은 일해야 한다는 조항이 신이 만든 법률에 있는 것 같았다. 하루 종일 그들은 긴 대열로 중심가를 왕래했고 밤에도 방울 소리가 그치지 않았다. 그들은 통나무집을 지을 목재나 땔감을 실어 나르고 광산까지 화물을 운반하고 산타클라라 계곡에서 말들이 하는 일을 했다. 남부 출신 개들이 이곳저곳에 있었으나 대부분 야생 늑대 에스키모개들이었다. 매일 밤 규칙적으로 9시, 12시 그리고 새벽 3시에 그들은 밤의 노래를 뽑아냈다. 섬뜩하고 무시무시한 그 노래에 합세하는 것이 벅의 유일한 기쁨이었다.

머리 위에서는 북극광[1]이 차갑게 빛나고 별들이 춤을 추다 얼어붙고 대지가 눈의 휘장 속에서 무감각하게 얼어 버릴 때 에스키모개들의 노래는 어쩌면 삶에 대한 유일한 도전이었는지 모른다. 아니, 길게 끄는 울음소리와 반쯤 흐느끼는 듯한 구슬픈 소리는 생존의 고뇌를 표현한 삶의 애원인지도 모른다. 그것은 오래된 노래, 개 종족만큼이나 오래된 노랫소리로, 슬픈 노래만 있었던 때 묻지 않은 세상의 태곳적 노래 가운데 하나였다. 그것에 수많은 세대의 슬픔이 담겨 있어 그 비애에

---

1) 북극 지방에서 볼 수 있는 발광(發光) 현상. 빛이 약할 때는 희게 보이지만 강할 때는 빨강과 초록의 아름다운 색을 보인다.

벅의 마음이 끌렸는지도 모른다. 그가 신음하며 흐느낄 때 그 속에는 오래된 삶의 고뇌, 야생의 조상들이 지녔던 고뇌가 있었고, 그들에게 공포와 신비를 던진 바로 그 추위와 어둠이 드리워 있었다. 벅이 그 소리에 그토록 끌린다는 것은 그가 문명의 상징인 불과 지붕의 세대를 거슬러 울음의 시대였던 거친 태초의 삶으로 완전히 돌아갔다는 것을 의미했다.

도슨에 도착한 지 이레가 되는 날, 그들은 배럭스의 가파른 둑을 타고 유콘 도로까지 내려가 다이와 솔트워터에 도착했다. 페로는 우편물을 나르고 있었는데 그가 가져왔던 것들보다 더 시급해 보이는 것들이었다. 질주의 긍지에 사로잡힌 그는 지난해 기록을 경신하려고 했다. 그런 그를 돕는 몇 가지 일들이 있었다. 일주일 동안 쉬면서 원기를 회복한 개들은 건강 상태가 아주 좋았다. 그들이 뚫어 놓은, 마을로 향하는 썰매 길은 뒤에 온 여행자들에 의해 단단히 길이 들었다. 그리고 개와 여행객 들이 식사하도록 경찰들이 음식 파는 곳을 두세 곳 마련해서 여행객들은 짐을 줄일 수 있었다.

첫날, 그들은 80킬로미터를 달려 식스티마일즈에 도착했다. 다음 날 그들은 유콘강을 기세 좋게 달려 무난히 펠리에 접근하고 있었다. 그러나 그런 찬란한 질주 뒤에서 프랑수아는 커다란 문제점과 괴로움을 안고 있었다. 벅이 주도하는 음험한 저항이 팀의 결속력을 무너뜨리고 있었던 것이다. 이제 개들은 더 이상 끈에 매여 한 마리처럼 달리는 팀이 아니었다. 벅은 다른 개들이 반항하도록 부추겨서 온갖 자질구레한 못된 짓들을 하게 했다. 스피츠는 더 이상 다들 두려워하는 대장이 아니었다. 오랜 경외감은 사라졌고 개들은 그의 권위에 도전해서 동등해지고자 했다. 급기야 파이크는 스피츠의 물고기를 반이나 훔쳐 갔다. 그러고는 벅의 비호 아래 그것을 꿀떡 삼켰다. 어느 날에는 더브와 조가 스피츠에게 대항했는데도 당연히 받아야 할 벌을 받지 않았다. 그러다 보니 순둥이 빌리조차 더 이상 착하게 굴지 않았고 비위를 맞추듯 킹킹대던 짓도 전보다 반쯤 줄었다. 벅은 스피츠와 가까이 있을 때면 언제나 으르렁댔고 위협하듯 털을 곤두세웠다. 벅은 스피츠의 코앞을 골목대장처럼 으스대며 왔다 갔다 하곤 했다.

무너지는 규율이 개들의 관계에 영향을 미치기 시작했다. 그들이 전보다 더 자주 서로 트집을 잡고 싸워서 때로 캠프는 정신병원을 방불케 했다. 끊이지 않는 소란에 신경이 날카로워지기는 했지만 데이브와 솔렉스만은 요지부동이었다. 프랑수아는 상스럽고 괴상한 욕을 하거나 애꿎은 눈[雪]을 두 발로 쾅쾅 밟아 대거나 자신의 머리카락을 잡아 뜯거나 했다. 그는 개들 사이에서 채찍을 휘둘렀지만 별 효과가 없었다. 그가 등을 돌리자마자 개들은 다시 티격태격했다. 프랑수아가 채찍으로 스피츠 편을 들면 벅은 나머지 개들 편을 들었다. 프랑수아는 모든 분쟁 뒤에 벅이 있다는 것을 알았고 벅도 프랑수아가 그 사실을 안다는 것을 알았다. 그러나 영리한 벅은 현장에서 걸려들지 않았다. 그는 썰매 끈에 매달려 열심히 달렸다. 그에게 그 일은 기쁨이었다. 그러나 그보다 더 즐거운 일은 팀원들 사이에서 교묘하게 분쟁을 일으키고 썰매 끌기를 헝클어뜨리는 것이었다.

타키나강 어귀에 캠프를 친 어느 날 밤, 저녁을 먹은 후 더브가 눈덧신 토끼를 발견했는데 실수로 그만 놓치고 말았다. 순식간에 팀 전체가 소리치며 달려들었다. 90미터쯤 떨어져 있는 노스웨스트 경찰 캠프의 에스키모개들 오십여 마리도 일제히 끼어들었다. 토끼는 강을 따라 질주하다가 작은 개울로 돌아들어 가 얼음 위를 쉬지 않고 달렸다. 개들이 전력을 다해 내달리는 빈민, 토끼는 눈 위를 가볍게 달렸다. 벅은 육십 마리의 선두에 서서 굽이굽이를 돌아 달렸지만 토끼를 잡을 수가 없었다. 벅은 몸을 낮춘 채 온 힘을 다해 신음을 토해 냈고 창백한 달빛 아래서 찬란한 몸을 번쩍이며 아래위로 물결치듯 내달렸다. 하얀 눈의 요정처럼 눈덧신 토끼 역시 아래위로 몸을 번쩍이며 앞으로 내달렸다.

사냥철에 인간을 시끄러운 도시로부터 숲과 광야로 내몰아 화학적으로 작동하는 납 탄환으로 동물을 죽이도록 하는 오래된 본능, 피에 굶주린 욕망, 학살의 쾌감, 이 모든 것이 벅의 내면에서 꿈틀거렸다. 다만 인간보다 벅에게 한없이 친숙한 본능이었다. 그는 무리의 선두에서 달렸다. 그는 야생동물을 추적해 살아 있는 고기를 이빨로 물어뜯고 보란 듯이 주둥이를 따스한 핏물에 씻어 내고 싶었다.

삶에는 그 이상 올라갈 수 없는 어떤 정점을 나타내는 환희가 있다. 그런 것이 살아 있음의 역설이다. 그 환희는 살아 있기에 찾아오지만 살아 있음을 완전히 망각할 때에야 찾아온다. 그 환희, 살아 있음의 망각은 감흥의 불꽃 속에서 자아를 잊는 예술가에게 찾아온다. 그리고 싸움터에서 전쟁에 미쳐

자아를 잊고 생존을 거부하는 군인에게 찾아온다. 달빛 속에서 번개처럼 앞질러 가는 살아 있는 먹이를 잡기 위해 늑대의 오래된 울음소리를 내며 앞장서서 달려가는 벽에게도 바로 그 환희가 찾아왔다. 그는 시간의 자궁 속으로 되돌아가며 본성, 자신보다 더 깊은 본성의 일부, 그 심오함에서 나오는 울음소리를 냈다. 그는 순수하게 솟구치는 삶과 조수처럼 밀려드는 존재의 파도, 근육과 관절과 심줄 하나하나가 움직일 때 느껴지는 완벽한 기쁨에 압도당했다. 솟구치는 삶은 죽음을 제외한 모든 것이었는데, 맹렬히 불타오르며 움직임 속에서만 자신을 드러냈고 별 아래, 움직이지 않는 죽은 물질의 표면 위로 환호하면서 날았다.

그러나 기분이 최고일 때조차 차갑고 계산적인 스피츠는 무리를 이탈해 길게 돌아가는 개울 때문에 생긴, 좁게 오므라든 땅을 가로질러 갔다. 벽은 그 사실을 몰랐다. 그가 모퉁이를 막 도는데 여전히 앞서 달리는 토끼 외에 또 다른, 더 큰 하얀 요정이 불쑥 튀어나온 강둑에서 토끼의 앞길을 가로막으며 펄쩍 뛰어내리는 것이 보였다. 스피츠였다. 토끼는 갑자기 방향을 바꿀 수가 없었다. 하얀 이빨이 공중에서 등뼈를 깨물자 토끼는 치명상을 입은 인간처럼 외마디 비명을 크게 질렀다. 그 비명 소리, 삶의 정점에서 죽음의 나락으로 추락하는 외마디 비명 소리에 벽의 뒤를 바짝 따라오던 개들이 기쁨에 가득 찬 지옥의 합창을 내질렀다.

벽은 소리 지르지 않았다. 그는 멈추지 않고 스피츠의 어깨를 자신의 어깨로 부딪치면서 돌진했다. 그는 너무나 격렬하게 달려드는 바람에 목 부분을 놓치고 말았다. 그들은 눈보라를 일으키며 땅 위에서 뒹굴고 또 뒹굴었다. 스피츠는 넘어지지 않았다는 듯이 일어나 벅의 어깨를 물어뜯고 펄쩍 뛰어 물러났다. 그는 위로 치켜 올라간 얇은 입술을 뒤틀고 으르렁대며 더 나은 발판을 차지하려고 뒤로 물러나면서 덫에 달린 강철 턱처럼 이빨을 두 번 짝짝 마주쳤다.

그 순간 벅은 알았다. 드디어 때가 왔구나. 죽기 아니면 살기다. 그들이 으르렁대며 귀를 뒤로 젖히고 유리한 고지를 차지하기 위해 잔뜩 노려보며 돌고 돌 때 벅은 그 장면이 어쩐지 친숙하게 느껴졌다. 하얀 숲, 흙, 달빛 그리고 전투의 전율 등 그 모든 장면이 떠오르는 듯했다. 흰 눈과 침묵 위로 유령 같은 침착함이 스며들어 있었다. 공기 한 올 움직이지 않았다. 아무것도 움직이지 않았다. 나뭇잎 하나 까딱하지 않았다. 개들의 허연 입김이 천천히 올라와 얼어붙은 공중에 머물렀다. 잘못 길든 늑대들처럼 개들은 순식간에 눈덧신 토끼를 먹어 치우고는 기대에 차서 벅과 스피츠를 빙 둘러싸고 서 있었다. 그들도 침묵을 지켰다. 눈만 맹렬히 불타올랐고 입김은 천천히 위로 올라갔다. 벅에게 이 오래된 장면은 전혀 새롭거나 낯설지 않았다. 마치 늘 그래 왔던 것 같고 당연히 그런 것 같았다.

스피츠는 현장에서 단련한 투사였다. 스피츠베르겐에서 북극을 거쳐 캐나다와 배런즈를 가로지르며 온갖 개들 속에서 자신의 위치를 지키고 그들을 이겨 내 대장이 되었다. 그래서 그는 통렬하게 노여워했으나 결코 눈먼 분노는 아니었다. 그는 자신이 상대를 찢어발기고 파괴하고 싶을 정도로 분노한 것처럼 적도 똑같이 분노했다는 것을 잊지 않았다. 스피츠는 적의 돌진을 받아들일 준비가 되기 전에는 결코 돌진하지 않았으며 공격을 방어할 준비가 되기 전에는 먼저 공격하지 않았다.

벅은 크고 하얀 개의 목에 이빨을 깊숙이 박으려 했으나 헛수고였다. 그의 송곳니가 부드러운 살점을 파고들려 할 때마다 스피츠의 송곳니가 반격을 가했다. 송곳니와 송곳니가 부딪치고 입술이 찢어지고 피가 흘렀지만 벅은 적의 방어를 뚫을 수 없었다. 피가 끓어오른 벅은 스피츠를 사방에서 돌풍처럼 공격했다. 벅은 숨을 헐떡거리는, 눈처럼 하얀 놈의 목을 몇 번이나 겨냥했으나 그럴 때마다 놈은 벅을 물어서 따돌렸다. 그러자 벅은 목을 겨냥하는 척 돌진하다가 갑자기 머리를 옆으로 획 돌려 스피츠의 어깨를 자신의 어깨로 부딪쳐 몸으로 그를 넘어뜨리려 했다. 그럴 때마다 스피츠는 몸을 가볍게 날려 피하면서 벅의 어깨를 물어뜯었다.

벅은 숨을 헐떡거리며 피를 흘리는데 스피츠는 아무렇지도 않았다. 점점 더 필사적인 격투가 되었다. 주위를 에워싸고 침묵하는 개 떼는 침을 삼키며 누가 이기든 싸움이 끝나기만을 고대하고 있었다. 벅이 점점 숨이 차오르자 스피츠가 공격을 개시했고 벅을 계속 비틀거리게 만들었다. 벅이 한 번 넘어지자 개 육십 마리가 함성을 지르며 튀어나오려 했다. 그러나 벅은 곧 공중에서 몸을 돌려 자세를 회복했고 에워싼 개 떼는 다시 제자리에 앉아 기다렸다.

그러나 벅에게는 위대한 대장이 될 수 있는 기질이 있었다. 그것은 창의력이었다. 그는 본능적으로도 싸울 수 있었으나 또

한 머리로도 싸울 수 있었다. 그는 어깨 충돌 작전을 다시 시도하는 듯하다가 마지막 순간에 몸을 눈 속에 파묻듯 납작 수그렸다. 그의 이빨이 스피츠의 왼쪽 앞발에 가 닿았다. 곧 우두둑 뼈가 부서지는 소리가 들렸고 놈은 세 다리로 벅에게 대항하게 되었다. 벅은 세 번이나 놈을 넘어뜨리려고 했다가 다시 그 전략을 사용해서 오른쪽 앞발을 부서뜨렸다. 스피츠는 고통과 무력함을 느끼면서도 미친 듯이 사투를 벌였다. 스피츠는 눈을 번들거리며 입맛을 다셨고 은빛 입김을 차디찬 공중으로 실낱처럼 올려 보내는 고요한 개 떼를 보았다. 과거에 비슷한 개 떼가 패배한 적에게 다가갔던 것처럼 이제 개들이 자신을 향해 조용히 다가오는 것을 보았다. 이번에는 패배자가 바로 자신이라는 것만 달랐다.

스피츠에게 희망은 없었다. 벅은 무자비했다. 자비란 더 따뜻한 지역에서나 통하는 것이다. 그는 마지막으로 돌진했다. 그들을 에워싼 에스키모개들이 좁혀 들어와 바로 옆구리에서 놈들의 입김을 느낄 수 있었다. 벅은 개 떼가 스피츠 너머에서 그리고 양옆에서 스피츠를 노려보며 금방 뛰어 오를 듯이 웅크린 채 다가오는 것을 보았다. 모든 것이 멈춘 듯 보였다. 개들은 모두 돌이 된 듯 꼼짝도 하지 않았다. 오직 스피츠만 앞뒤로 비틀거리고 꿈틀대며 털을 곤두세웠다. 그리고 마치 다가오는 죽음을 떨쳐 버리려는 듯 공포로 으르렁거렸다. 벅은 돌진했다가 물러섰다. 이번 돌진에서 그는 마침내 스피츠의 어깨를 정면으로 치받을 수 있었다. 그들을 에워싼 검은 무리가 달빛이 넘치는 설원에서 한 점으로 좁혀지는 순간, 스피츠는 지상에서 사라졌다. 승리한 투사, 적을 죽여서 흡족해진 우월한 원초적 야수는 발을 당당히 딛고 그 광경을 지켜보았다.

4
누가 대장이 되는가

"그것 봐, 내가 말했지? 저 벅이란 놈, 두 배로 악마라는 말이 맞지?"

다음 날 아침 스피츠가 사라지고 벅이 상처투성이가 된 것을 발견한 프랑수아의 말이었다. 그는 벅을 불 가로 끌고 가서 불빛에 상처들을 비춰 보았다.

"스피츠란 놈도 지옥처럼 싸웠어."

페로가 벅의 드러난 뼈와 찢어진 상처를 살펴보며 대답했다.

"그렇다면 저 벅이란 놈은 두 배로 지옥처럼 싸웠군. 자, 이제 우리 팀이 편안해지겠어. 스피츠가 사라졌으니 문제도 안 터질 테지. 암, 그래야지."

프랑수아가 말했다.

페로가 캠프 장비를 챙기고 썰매에 짐을 싣는 동안 썰매 몰이꾼은 개들에게 끈을 맸다. 벅은 스피츠가 차지했던 대장 자리로 천천히 걸어갔다. 그러나 프랑수아는 벅을 주목하지 않고 벅이 탐내는 자리에 솔렉스를 앉혔다. 그가 판단하기에는 솔렉스가 남아 있는 개들 중에서 최고의 대장이었다. 화난 벅은 솔렉스에게 달려들어 그를 쫓아내고 그 자리를 차지했다.

"어? 이것 봐라?"

프랑수아는 어이없다는 듯이 무릎을 탁 치며 소리쳤다.

"이놈 좀 봐, 스피츠를 죽이더니 이제 그 자리를 차지하겠다는 거 아냐? 네 자리로 가지 못해, 얼른!"

프랑수아가 소리쳤으나 벅은 꼼짝도 하지 않았다.

프랑수아는 벅의 쇠 목걸이를 잡고 위협하듯이 으르렁대는 벅을 끌어낸 다음 그 자리에 다시 솔렉스를 앉혔다. 그 늙은 개는 분명히 벅을 두려워했고 그 자리를 원치 않았다. 그래도 프랑수아는 완강했다. 하지만 그가 등을 돌리자마자 벅은 다시 솔렉스의 자리를 차지했고 솔렉스는 순순히 자리를 내줬다.

"그래? 그렇다면 이제 버릇을 고쳐 주지!"

화난 프랑수아는 소리치고 나서 손에 무거운 곤봉을 들고 나타났다.

벅은 붉은 스웨터 입은 사내를 기억했기에 슬슬 물러났다. 솔렉스가 그 자리를 다시 차지해도 그는 대들지 않았다. 그러나 벅은 곤봉이 미치는 범위 밖에서 맴돌며 슬픔과 분노에 차 으르렁댔다. 그러면서도 그는 프랑수아의 곤봉이 언제 떨어질지 몰라 곤봉을 지켜보았다. 곤봉에 대해서 그는 지혜를 터득했던 것이다.

썰매 몰이꾼은 다시 일을 하면서 벅을 예전 자리인 데이브 앞에 세우려고 신호를 보냈다. 벅은 두세 걸음 뒤로 물러났다. 프랑수아가 벅을 따라가면 벅은 다시 물러났다. 이런 짓을 되풀이하다가 벅이 매질을 두려워하는가 보다 하고 생각한 프랑수아가 곤봉을 내던졌다. 그러나 벅은 공공연히 저항했다. 그는 곤봉을 피하고 싶었던 것이 아니라 대장이 되고 싶었다. 그 자리는 마땅히 그의 깃이었다. 그는 씨워서 그 자리를 얻었고 거기에서 반걸음도 양보할 수 없었다.

페로가 끼어들었다. 그들 사이에서 벅은 족히 한 시간가량을 도망 다니며 실랑이를 벌였다. 그들은 벅에게 곤봉을 내리쳤으나 벅은 피했다. 그들은 벅에게 온갖 저주를 퍼부었다. 아버지, 어머니, 조상들을 대대로 들먹였고, 벅의 아득한 후손들까지 대대손손 저주했다. 그의 몸에 난 털 한 올, 혈관을 흐르는 피 한 방울에까지 저주를 퍼부었다. 그러나 벅은 그런 저주에 으르렁대는 것으로 대꾸할 뿐 여전히 잡히지 않았다. 그는 아예 멀리 도망가려 하지도 않았고 뒤로 물러나면서 캠프 주위를 맴돌았다. 그리고 자신의 요구가 관철되면 기꺼이 들어가 일을 잘하겠다는 뜻을 내보였다.

프랑수아는 앉아서 머리를 긁적였다. 페로는 시계를 들여다보더니 욕을 했다. 시간이 달아나고 있었다. 벌써 한 시간 전에 출발했어야만 했다. 프랑수아는 다시 머리를 긁적였다. 그는 머리를 흔들며 배달원을 보고 히죽 웃었다. 그러자 배달원은 항복했다는 듯 어깨를 들썩해 보였다. 프랑수아는 솔렉스가 있는 곳에 가서 벅을 불렀다. 벅은 개들처럼 웃으면서도 그대로 떨어진 채 서 있었다. 프랑수아는 솔렉스의 끈을 풀고 그를 원래 자리로 보냈다. 하나도 빠짐없이 썰매에 끈으로 연결된 팀은 출발 준비를 했다. 선두 자리는 벅을 위해 비어 있었다. 프랑수아는 다시 한 번 벅을 불렀다. 벅은 또다시 거리를 둔 채 웃었다. 페로가 지시했다.

"곤봉을 내려놓으라고."

프랑수아는 그대로 했다. 그러자 벅은 만족한 듯 웃으며 팀의 선두 자리로 걸어 들어갔다. 벅의 끈이 죄면서 썰매가 출발했고 두 사람이 이끄는 대로 강 길을 따라 쏜살같이 달려갔다.

썰매 몰이꾼은 일찍이 '두 배로 악마'라고 표현하며 벅을 높이 평가했더랬지만 오전이 채 가기도 전에 자신이 그를 과소평가했다는 것을 알았다. 벅은 즉시 대장의 임무를 수행했다. 프랑수아는 결정이 필요한 지점에서의 빠른 판단과 재빠른 행동 등 스피츠를 대적할 개가 없다고 봤는데 벅은 그보다 훨씬 더 우월한 대장이었다.

그러나 벅의 정말 우수한 점은 법을 세우고 동료들이 그 법을 지키도록 만들었다는 것이다. 데이브와 솔렉스는 누가 대장이 되든 상관하지 않았다. 그것은 그들이 상관할 바가 아니었다. 그들은 일하는 것, 끈에 연결되어 힘차게 일하는 것에만 관심이 있었기에 그 일에 간섭받지 않는 한 무슨 일이 일어나든 상관하지 않았다. 착한 빌리는 질서를 깨뜨리지 않는 한 그들이 원하는 대로 썰매를 끌어 나갈 수 있었다. 그러나 나머지 개들은 스피츠가 재임했을 때 후반부에 점점 문란해졌는데 놀랍게도 지금 벅은 그들을 잘 다스려 질서를 세우고 있었다.

벽의 바로 뒤에서 달리던 파이크는 그가 가슴 끈으로 끌어야 하는 무게보다 조금이라도 더 짐을 지지 않으려 했는데, 그 빈둥거리던 짓을 당장 그만두었고 첫날이 지나기도 전에 살면서 그 어느 때보다 더 많은 짐을 끌게 되었다. 시큰둥하던 조는 캠프의 첫날 밤 벽에게 무척 혼났다. 스피츠가 시도했지만 결코 못하던 일이었다. 벽은 더 무거운 자신의 몸무게를 이용해 조를 짓누르면서 그가 덥석덥석 물기를 그만두고 제발 살려 달라고 낑낑거릴 때까지 그를 혼내 주었을 뿐이다.

팀의 전반적인 질서가 금방 잡혔다. 다시 옛날처럼 한 덩어리가 되어 개 한 마리가 끈에 매인 것처럼 달렸다. 링크 여울에서 티크와 쿠나라는 순종 에스키모개 두 마리가 합류했다. 그들을 길들이는 벽의 민첩함에 프랑수아는 혀를 내둘렀다.

"저 벽 같은 개는 내 생전 처음이야!"

그는 감탄했다.

"정말 처음 본다니까! 천 달러 가치는 있어. 암, 그렇고말고. 안 그래, 페로?"

페로 역시 고개를 끄덕였다. 벽은 기록을 경신했고 날마다 신기록을 세웠다. 썰매 길은 최상의 상태로 단단히 다져져 있었고 방해가 될 만큼 눈이 새로 쌓이지도 않았다. 날씨도 그리 춥지 않았다. 영하 50도로 떨어진 채 여행 내내 그대로 있어 줬다. 두 사람은 교대로 썰매를 타거나 달리거나 했고 개들은 가끔 멈출 뿐 계속 펄쩍펄쩍 달렸다.

서티마일강은 비교적 단단한 얼음으로 반들거렸고 오는 데 열흘 걸렸던 길이 가는 데는 단 하루밖에 걸리지 않았다. 라베르지 호수 끝 부분에서 화이트홀스 여울까지 100킬로미터를 쉬지 않고 단숨에 달렸다. 마시, 타기시 그리고 베닛(너비가 110킬로미터인 호수들)을 가로질러 개들이 어찌나 빨리 달렸는지 썰매를 몰 차례가 된 사람은 썰매 뒤에서 밧줄 끝을 단단히 잡아당겨야 했다. 둘째 주 마지막 밤에 그들은 화이트패스 정상에 올라가 스캐그웨이의 불빛과 발아래 선창의 불빛을 보며 바다를 끼고 있는 내리막길을 달리고 있었다.

기록적인 질주였다. 십사 일 동안 매일같이 그들은 평균 60킬로미터를 달렸다. 페로와 프랑수아는 사흘간 스캐그웨이 중심가를 왔다 갔다 활보하면서 술대접을 받느라 정신이 없었다. 한편 개를 길들이는 사람들이나 마차를 세놓는 사람들이 끊임없이 몰려들어 그 팀을 숭배하면서 관심을 쏟아 냈다. 그러고 나서 마을을 깨끗이 쓸어버리겠다고 열망했던 서부 악한 서너 명이 총에 맞아 벌집처럼 구멍이 나서 쓰러지자 대중의 관심은 다른 우상에게로 쏠렸다. 그다음에 공식 명령이 떨어졌다. 프랑수아가 벅을 부르더니 두 팔로 끌어안고 눈물을 뚝뚝 흘렸다. 벅이 프랑수아와 페로를 마지막으로 본 순간이었다. 다른 사람들처럼 그들도 벅의 삶에서 영원히 사라져 갔다.

스코틀랜드 혼혈인이 벅과 동료들을 맡았다. 다른 열두 팀 정도의 개들과 함께 벅은 다시 도슨까지 지루한 길을 달리기 시작했다. 이번에는 짐이 가볍지 않았고 신기록을 세우는 것도 아니었고 그저 매일같이 무거운 짐을 싣고 지치도록 달려야 했다. 왜냐하면 북극으로 황금을 캐러 간 사람들에게 세상 곳곳에서 보내온 소식들을 전달하는 우편 마차였기 때문이다.

벅은 그 일을 좋아하지 않았다. 그러나 그는 데이브와 솔렉스를 따라서 긍지를 가졌고 또 동료들이 긍지를 갖든 그렇지 않든 자신들의 몫을 다하는 것을 보면서 그 일을 잘 견뎌 냈다. 기계처럼 규칙적으로 일하는 단조로운 삶이었다. 하루하루가 거의 똑같았다. 매일 아침 정해진 시간에 요리사가 나타나 불을 피우고 아침을 준다. 그리고 나서 누군가가 텐트를 걷는 동안 다른 사람들은 개들에게 벨트를 채운다. 한 시간쯤 일하다 보면 어둠이 새벽을 알리며 희붐해진다. 밤이면 캠프를 세운다. 누군가는 깃발을 꽂고, 누군가는 땔감으로 쓰고 잠자리를 만들 소나무 가지를 자르고, 누군가는 요리사들에게 물이나 얼음을 날라다 준다. 그리고 개들도 밥을 먹는다. 물고기를 먹은 다음 한두 시간 동안 다른 개들과 어울려 어슬렁거리는 일이 즐겁기는 했지만, 그런 일은 그들에게 그저 하루 일과일 뿐이었다. 거기에는 개들이 백여 마리 있었다. 그중에는 아주 사나운 개들도 있었다. 그러나 가장 사나운 놈들과 단 세 번 싸워서 패권을 잡았기 때문에 벅이 털을 곤두세우거나 이빨을 드러내면 그들은 슬슬 물러났다.

그러고 나서 가장 좋은 일은 벅이 불 곁에 누울 수 있게 된 것이었다. 벅은 뒷발을 밑으로 웅크리고 앞발을 앞으로 쭉 뻗고 머리를 든 채 꿈꾸듯이 불꽃을 향해 두 눈을 깜빡거렸다. 때때로 그는 햇빛이 비치는 산타클라라 계곡에 있는 밀러 판사의 큰 집을 생각했다. 시멘트 칠한 풀장, 멕시칸헤어리스 이사벨, 일본 발바리 투츠라는 놈, 그러나 그들보다 붉은 스웨터 입은 사내, 컬리의 죽음, 스피츠와 목숨을 걸고 싸우던 일, 그가 먹어 본 맛있는 음식들과 먹고 싶은 음식들이 더 자주 생각났다. 그는 고향이 그립지는 않았다. 남쪽 나라는 너무 멀고 아득했다. 그런 기억은 그를 사로잡지 않았다. 그보다 그가 전에는 결코 볼 수 없었던 사물들을 어딘지 친숙하게 느끼게 만드는 조상의 혼에 대한 기억이 더 강력했다. 그것은 (조상에 관한 기억이 습관이 되어서) 훗날까지 전해지는 것, 그의 내부에서 다시 꿈틀거리며 되살아난 본능이었다.

때때로 불꽃을 향해 눈을 껌뻑거리며 꿈꾸듯이 앉아 있노라면 불꽃이 또 다른 불처럼 느껴지고 그 다른 불 곁에 앉아 있는 사람도 혼혈 요리사가 아니라 다른 사람으로 보였다. 그는 다리가 더 짧고 팔은 더 길었다. 그는 둥글고 토실토실하지 않았고 힘줄투성이 근육이 울퉁불퉁했다. 그의 긴 털은 지저분하게 헝클어져 있었다. 머리는 눈 아래쪽에 비해 뒤로 젖혀져 있었다. 그는 이상한 소리를 냈고 어둠을 아주 두려워하는 것 같았다. 그래서 무릎과 발 사이 중간 지점까지 내려오는 손에 장대를 꽉 쥐고 계속 어둠을 응시하고 있었다. 그 장대 끝에는 무거운 돌이 단단하게 매달려 있었다. 그는 거의 발가벗은 상태였는데 축 처진 등가죽은 거칠고 불에 그슬렸고 몸에는 털이 많았다. 가슴과 어깨를 가로지른 부분들, 팔과 장딴지 아래쪽 바깥 부분들은 대부분 두꺼운 털로 덮여 있었다. 그는 반듯이 서지 못하고 몸이 엉덩이부터 앞으로 기울어 있었으며, 두 다리는 무릎에서 굽어 있었다. 그의 몸은 어딘지 금방 튀어 오를 것 같았고 탄력이 넘쳐 고양이를 연상케 했다. 보이는 것과 보이지 않는 것에 대한 영원한 두려움 속에 사는 동물이 지닌 기민함이 그에게도 있었다.

어떤 때는 이 털 많은 사내가 머리를 다리 사이에 파묻고 불 곁에 웅크린 채 잠들어 있었다. 그럴 경우 팔꿈치는 무릎 위에 대고 두 손은 머리 위로 꽉 쥔 채여서 마치 털 많은 두 팔로 비를 막는 것 같았다. 불꽃을 넘어서, 주위를 둘러싼 어둠 속에서 벅은 여기저기 번쩍거리며 타오르는 석탄 덩이들을 보았다. 그 덩어리들은 둘씩 둘씩, 언제나 둘씩이어서 먹이를 찾는 거대한 짐승의 두 눈처럼 보였다. 그는 덤불 사이로 짐승들이 부딪치는 소리와 밤에 그들이 내는 소리를 들을 수 있었다. 그리고 유콘강둑에서 불꽃을 향해 풀어진 두 눈을 깜박거리며 꿈을 꾸고 있노라면 또 다른 세상의 소리와 광경 들이 그의 등에 난 털을 일으키고 어깨를 가로질러 목에 난 털까지 곤두서게 만들었다. 마침내 그는 낮게 억누르듯 낑낑거리며 부드럽게 신음했다. 그러면 혼혈 요리사가 그에게 소리쳤다.

"이봐, 벅, 일어나!"

그 소리에 다른 세상은 사라지고 그의 눈에 현실이 들어왔다. 그는 일어나 하품을 하고 마치 잠을 잤던 것처럼 기지개를 폈다.

우편물을 싣고 달리는 일이 고됐기 때문에 그들은 곧 지쳤다. 도슨에 도착했을 때 그들은 몸무게가 줄고 건강이 악화되어 적어도 일주일에서 열흘은 쉬어야만 했다. 그러나 그들은 이틀 안에 외부로 가야 할 우편물을 싣고 배럭스에서 유콘강둑을 내려가야 했다. 개들은 지쳤고 몰이꾼은 투덜거렸다. 게다가 설상가상으로 눈까지 매일 퍼부었다. 길에 눈이 쌓이면 썰매 날에 마찰이 더 심해지고, 개들이 짐을 끄는 데 힘이 더 들었다. 그런데도 몰이꾼들은 일하는 내내 공정했고 동물들을 위해 최선을 다했다.

매일 밤, 그들은 개들을 먼저 배려했다. 몰이꾼들이 식사하기 전에 개들을 먼저 먹였고 잠옷을 갈아입기 전에 개들의 발을 먼저 살펴 줬다. 그래도 개들의 힘은 점점 줄어만 갔다. 겨울이 시작된 이래 개들은 썰매를 끌고 단조롭게 3000킬로미터를 달렸다. 3000킬로미터라니 살면서 그보다 더 힘든 일은 없을 정도였다. 벅은 피곤에 지쳤지만 그것을 견뎠고 동료들이 그 일을 참고 견디며 질서를 지키도록 했다. 빌리는 매일 밤 울었고 잠이 들어서도 킹킹댔다. 조는 전보다 더 날카로워졌고 솔렉스는 눈이 먼 쪽이든 멀지 않은 쪽이든 어떤 접근도 싫어했다.

그러나 가장 고통스러워하는 개는 데이브였다. 그의 건강에 이상이 생긴 것이 분명했다. 우울하고 신경질적이 된 그는 캠프가 세워지자마자 잠자리로 파고들었고 하는 수 없이 몰이꾼이 밥을 갖다 주었다. 그는 끈이 풀리면 주저앉아 아침에 다시 끈을 맬 때까지 일어나지 못했다. 때때로 썰매가 갑작스레 털커덩 멈추거나 멈췄다 다시 출발할 때면 그는 고통스러워 소리를 질렀다. 몰이꾼이 그를 살펴보았지만 아무것도 발견하지 못했다. 그는 모든 몰이꾼의 관심사가 되었다. 그들은 식사 시간에도 그 문제를 들먹였고 잠자리에 들기 전 파이프 담배 한 대를 피워 물고도 그 이야기를 했다. 그러던 어느 날 회의가 열렸다. 데이브는 잠자리에서 불 가로 끌려 나갔다. 그들이 그의 몸을 여기저기 누르고 꾹꾹 찌르자 그는 고통스러워하며 소리를 질렀다. 몸에 이상이 생긴 게 분명한데 뼈가 부러진 것도 아니어서 원인을 밝히기 어려웠다.

캐시어 바에 이를 때쯤, 데이브는 너무나 약해져 끈에 매여서도 계속 쓰러졌다. 스코틀랜드 혼혈인이 일행을 멈춰 대열에서 그를 빼 줬고 그 앞에 있던 솔렉스와 썰매를 단단히 연결했다. 데이브가 썰매 뒤에서 홀가분하게 달리면서 휴식을 취하게 하려는 의도였다. 그러나 데이브는 그토록 아픈데도 빠지는 것이 분하여 끈을 푸는 동안 투덜거리고 으르렁대더니 그가 너무나 오래 일했던 자리에 솔렉스가 들어가는 것을 보고는 가슴이 찢어지는 듯 낑낑댔다. 끈에 매여 달리는 자부심은 그의 모든 것이었기에 그는 죽을 정도로 아픈데도 다른 개가 자기 일을 해야만 한다는 사실을 참을 수가 없었다.

썰매가 출발했고 정든 썰매 길을 따라오던 데이브가 부드러운 눈 속에 빠져 넘어졌다. 그러면서도 데이브는 연방 이빨로 솔렉스를 공격했고 그에게 달려들어 그를 반대쪽 눈 속으로 밀어내려 했다. 계속 슬픔과 고통으로 낑낑대고 훌쩍이고 소리치면서 데이브는 자신과 썰매가 다시 연결되도록 끈 사이로 펄떡 뛰어들려고 애를 썼다. 혼혈 몰이꾼은 채찍으로 그를 몰아내려 했다. 그러나 그는 날카로운 매질에 아랑곳하지 않았다. 사내 또한 더 심하게 매질할 만큼 잔인하지 못했다. 데이브는 썰매 뒤에서 조용히 따라오는 것이 더 쉬울 텐데도 그것을 거부했다. 훨씬 힘든데도 부드러운 눈 속에서 계속 넘어지면서 썰매 곁을 떠나지 않았다. 그러더니 마침내 기력이 다해 넘어져 다시 일어나지 못하고 긴 우편 마차가 그냥 지나가는 것을 보면서 가슴이 메도록 오열했다.

마지막 남은 기운으로 데이브는 우편 마차가 그다음 정차할 때까지 뒤에서 비틀거리며 따라오더니 멈춰 서 있는 마차 곁을 지나 언제나 솔렉스와 나란히 달리던 자기 자리로 넘어지면서 다가왔다. 몰이꾼은 뒤에 있던 사람의 도움으로 파이프 담배에 불을 붙이느라 잠깐 시간을 지체했다. 그러고는 돌아와서 개들을 출발시켰다. 그들은 전혀 힘을 쓰지 못했고 길 위에서 흔들렸다. 그들이 불안하게 머리를 흔들었고 놀랍게도 마차가 멈췄다. 몰이꾼도 놀랐다. 썰매가 움직이지 않았기 때문이다. 그는 동료를 불러서 어찌된 일인지 살펴보라고 말했다. 데이브가 솔렉스를 연결한 양쪽 끈을 입으로 물고 원래 자기 자리인 썰매 앞자리에 의연히 서 있었다.

데이브는 제발 그 자리에 있게 해 달라고 눈으로 애원했다. 몰이꾼은 당황했다. 그의 동료는 혹사로 죽을 지경인데도 일을 거부당한 개가 슬픔을 이기지 못해 가슴이 부서졌다는 이야기를 했고, 너무 늙거나 부상당한 개들이 일을 하지 못해서 끈에서 풀려나면 곧 죽었다는 몇몇 경우를 예로 들었다. 그리고 어차피 죽을 데이브의 슬픔을 덜어 주기 위해 만족스레 끈에 매여 죽게 하는 것이 자비로운 행동이라고 말했다. 그래서 데이브는 다시 끈에 묶였고 비록 내장을 물어뜯는 듯한 통증으로 자신도 모르게 한두 번 소리를 질렀으나 자랑스럽게 옛날처럼 다시 마차를 끌었다. 그는 여러 번 넘어져서 끈에 매달려 줄줄 끌려갔고 썰매가 몸을 한번 덮친 뒤부터는 한쪽 뒷다리를 절뚝거렸다.

그러나 데이브는 캠프에 도착해 몰이꾼이 그를 불 옆자리로 인도할 때까지 참아 냈다. 아침이 되자 그는 더 이상 일을 할 수 없을 정도로 약해져 있었다. 그런데도 끈 매는 시간이 되자 그는 몰이꾼에게 기어갔다. 그는 죽을힘을 다해 일어났으나 비틀거리다가 결국 넘어졌다. 그러자 그는 천천히 기어서 자기 짝이 끈을 매는 곳까지 갔다. 그는 앞발을 먼저 내밀고 다음에 절룩거리며 몸을 옮겼다. 또다시 몇 센티미터 더 앞발을 내밀고 다음에 절룩거리며 몸을 옮겼다. 그리고 그의 기운은 그를 떠났다. 그의 짝이 마지막으로 본 데이브는 눈 속에 누워 숨을 헐떡이며 간절한 동경의 시선을 그들에게 던지고 있었다. 숲을 다 지나갈 때까지 일행은 데이브가 슬프게 부르짖는 소리를 들을 수 있었다.

마차가 멈췄다. 스코틀랜드 혼혈인은 그들이 떠나온 캠프를 향해 천천히 발길을 옮겼다. 남자들은 말을 멈췄다. 이윽고 권총 쏘는 소리가 들렸다. 사내는 빠른 걸음으로 되돌아왔다. 채찍을 날리고 종을 짤랑대며 썰매는 길을 따라갔다. 그러나 벅은, 아니 모든 개는 숲 너머에서 무슨 일이 일어났는지 알았다.

5
썰매 끌기의 힘겨움

솔트워터 우편 마차는 도슨을 떠난 지 삼십 일 만에 벽과 그의 동료들을 앞세우고 스캐그웨이에 도착했다. 그들은 지치고 힘이 다 빠져 비참한 몰골이었다. 벅의 몸무게는 60킬로그램에서 50킬로그램으로 줄었다. 벅보다 가벼운 나머지 다른 동료들은 상대적으로 몸무게가 더 많이 줄었다. 꾀병쟁이 파이크는 평생 속이기 잘했고 자주 감쪽같이 다리를 다친 척 꾸며 댔지만 이번에는 정말로 다리를 절룩거렸다. 솔렉스도 다리를 절었고 더브는 끔찍한 어깨 부상으로 고통스러워했다.

그들의 발은 모두 끔찍하게 퉁퉁 부었다. 튀어 오른다거나 펄쩍 뛰는 일은 생각조차 할 수 없었다. 길 위에 무겁게 떨어져 있는 발은 몸의 균형을 잃게 해서 하루 일의 피곤을 두 배로 키웠다. 그저 죽도록 피곤한 것 외에 다른 문제는 아무것도 없었다. 그것은 단기간 일을 지나치게 많이 해서 오는 지독한 피곤이 아니었다. 그렇다면 회복은 시간문제였다. 그러나 그것은 몇 달에 걸쳐 천천히 힘을 소모하며 일하다가 쌓인 죽음 같은 피곤이었다. 회복할 기운도, 끌어낼 만한 힘도 남아 있지 않았다. 모든 힘을 다 써 버려 이제 마지막 단 한 방울의 힘도 남아 있지 않았다. 근육마다, 섬유질마다, 세포마다 모두 다 지치고 또 지쳤다. 거기에는 그럴 만한 이유가 있었다. 다섯 달도 채 못 되는 기간에 그들은 4000킬로미터를 달렸다. 마지막 3000킬로미터를 달리는 동안에는 단지 닷새를 쉬었다. 스캐그웨이에 도착했을 때 그들은 글자 그대로 마지막 여행이라고 느꼈다. 그들은 이제 끈을 탄탄하게 유지하기도 힘들었고 내리막길에서는 썰매가 먼저 내려오는 것을 간신히 막을 수 있었다.

"조금만 참아라, 발들이 퉁퉁 부었구나, 쯧쯧."

그들이 스캐그웨이 중심가를 비틀거리며 걷자 몰이꾼은 이렇게 힘을 북돋웠다.

"이게 끝이란다. 도착하고 나면 우린 아주 푹 쉴 거야. 그렇지? 암, 정말로 아주 길게 푹 쉴 수 있어."

몰이꾼은 자신 있게 긴 휴식을 얘기했다. 그들은 이틀 쉬고 2000킬로미터를 달렸다. 쉴 이유도 충분했고 상식적으로도 그들은 당연히 빈둥거릴 자격이 있었다. 그러나 문제는 황금을 찾아 클론다이크로 몰려든 사람들이 너무 많다는 데 있었다. 함께 오지 못한 그들의 연인들, 아내들, 친척들의 편지가 모여들어 알프스산만큼 쌓였다. 또 더 이상 일할 수 없는 지친 개들의 자리를 허드슨만의 싱싱한 개들로 교체하겠다는 공식 명령도 있었다. 가치 없는 개들은 제거되었고 개보다 돈이 더 중요했으므로 개들은 팔리게 되었다.

사흘이 지났다. 그동안 벅과 동료들은 자신들이 얼마나 지치고 쇠약해졌는지 깨달았다. 나흘째 되는 날 아침, 미국에서 온 두 사람이 개들과 장비 일체를 헐값에 샀다. 두 사내는 서로를 '핼'과 '찰스'라고 불렀다. 찰스는 피부가 밝고 시력이 약하고 눈에 물기가 고인 중년 사내였는데 콧수염이 힘차고 사납게 올라가 있는 데 비해 그 밑에 숨은 입술은 처지고 늘어져서 도무지 조화가 되지 않았다. 핼은 열아홉이나 스무 살쯤으로 보이는 젊은이로 탄환이 제법 꽉 들어찬 벨트에 커다란 콜트 권총과 사냥칼을 가죽 끈으로 매달고 있었다. 사람보다 벨트가 더 눈에 띄었다. 그것은 그가 아직 덜 컸다는 것, 정말로 미숙한 풋내기라는 것을 보여 줬다. 두 사내는 그곳 분위기와 전혀 어울리지 않았다. 왜 이런 사내들이 북극을 모험하러 가는지 풀 수 없는 수수께끼였다.

벅은 흥정하는 소리를 들었고 정부 관리와 사내 사이에서 돈이 오가는 것을 보았다. 페로와 프랑수아 그리고 그전 사람들의 뒤를 이어 이제 스코틀랜드 혼혈인과 우편 마차 몰이꾼들도 그의 삶을 스쳐 가 버리는 것을 깨달았다. 벅이 동료들과 함께 따라간 새 주인의 캠프는 말할 수 없이 지저분했다. 텐트는 반쯤 펼쳐진 채였고 접시들은 더러웠고 모든 게 엉망이었다. 거기에는 '머시디스'라고 불리는 한 여자가 있었다. 그녀는 찰스의 아내이자 핼의 누나였다. 참으로 기막힌 가족 모임이었다.

그들이 텐트를 걷고 짐들을 챙겨 썰매에 싣는 것을 벅은 유심히 지켜보았다. 그들은 아주 힘들게 그 일을 했는데 전혀 효율적으로 보이지 않았다. 엉성하게 만 텐트는 제대로 꾸린 것보다 세 배나 컸다. 그들은 양철 접시들을 씻지도 않고 넣었다. 머시디스는 끊임없이 사내들 사이를 가로막고 가르치고 나무라며 수다를 멈추지 않았다. 사내들이 옷 꾸러미를 짐 앞에 싣자 그녀는 그것을 짐 뒤에 실으라고 우겼다. 사내들이 그것을 짐 뒤에 싣고 그 위에 짐 꾸러미 두 개 정도를 더 얹고 난 다음에야 그녀는 깜박 잊은 물건이 바로 그 옷 꾸러미 속에 있다고 난리를 피워 사내들은 다시 짐을 풀어야 했다.

옆 캠프에서 나온 세 사내가 그 장면을 지켜보고는 히죽 웃으며 서로서로 눈을 찡끗해 보였다.

"거참, 짐 한번 잘 쌌네그려."

한 사내가 입을 열었다.

"내가 남의 제사에 감 놔라 대추 놔라 할 처지는 아니지만 말이야, 나라면 저 텐트는 팽개치고 절대 안 가져가."

"말도 안 되는 소리 하지 마세요! 어떻게 텐트 없이 살 수 있어요?"

머시디스는 우아하게 손을 위로 흔들면서 말했다.

"봄이잖아, 이제 더 이상 춥지 않을 텐데."

그 사내가 되받았다.

머시디스는 단호하게 머리를 흔들었다. 찰스와 핼은 산 같은 짐 위에다 이것저것 더 실었다.

"저래서 움직일까?"

한 사내가 물었다.

"왜 안 움직여요?"

찰스가 볼멘소리로 물었다.

"아, 그래, 그래. 좋다고, 잘해 봐. 난 그저 짐을 좀 높이 쌓은 것 같아서 그랬던 것뿐이라고."

사내는 급히 말투를 부드럽게 바꿨다.

찰스는 등을 돌리고 밧줄을 아래로 힘껏 당겼지만 잘될 리가 없었다.

"물론 하루 종일 저 이상한 짐들을 개들이 잘도 끌고 가겠지."

두 번째 사내가 단언했다.

"당연하지요."

핼은 얼어붙은 듯이 공손하게 말하고 썰매채를 한 손에 쥐고 다른 손으로 채찍을 휘둘렀다. 그는 소리쳤다.

"가자! 이제 가자고!"

개들은 가슴 끈에 몸을 대고 잠깐 힘껏 당겼다가 놓았다. 썰매는 꼼짝도 하지 않았다.

"이 게으른 족속들, 본때를 좀 보여 줘야지."

핼은 소리치며 채찍을 내리치려고 했다.

그때 머시디스가 소리치며 끼어들었다.

"제발, 핼, 그러면 안 돼."

그녀는 채찍을 잡고 그에게서 낚아채려 했다.

"불쌍한 것들! 이제부터 여행 내내 개들에게 잘해 준다고 약속하지 않으면 여기서 한 발자국도 안 갈 거야."

"거참, 개에 대해서 아는 것도 많구려."

머시디스의 동생이 빈정거렸다.

"제발 날 좀 건드리지 말아요. 이놈들은 꾀부리고 있어. 때리지 않으면 아무 일도 안 한다고. 그게 개의 생리야. 물어봐, 여기 있는 사람들 누구에게든, 엉?"

머시디스는 고통스러워하며 예쁜 얼굴에 말 못 할 혐오를 담아 그들을 애원하듯이 둘러보았다.

"알고 싶다면 말해 주지, 저 개들은 맹물처럼 기운이 다 빠져 버렸어. 완전히 기진맥진해 있다고, 그게 문제야. 그러니 쉬어야 해."

한 사내가 입을 열었다.

"쉬다니 무슨 얼빠진 소리예요."

수염 하나 없는 입으로 핼이 말하자 머시디스는 "오!" 하고 동생의 욕설에 괴로워하며 슬프게 탄식했다.

그러나 편협한 머시디스는 당장 동생 편을 들고 나섰다. 그녀는 사내를 가리키며 말했다.

"저 사람 말 신경 쓰지 마. 개를 모는 사람은 너야. 그러니 네가 옳다고 생각하는 대로 하면 돼."

핼은 다시 한 번 개들에게 채찍을 휘둘렀다. 개들은 가슴 끈에 의지해 단단히 다져진 눈을 발로 파고들며 몸을 낮추고 온 힘을 다해 앞으로 나가려 했다. 그러나 썰매는 닻을 내린 듯 꼼짝도 하지 않았다. 개들은 두 번이나 시도해 보다가 숨을 헐떡이며 멈췄다. 채찍이 사납게 획획 소리를 냈고 다시 한 번 머시디스가 끼어들었다. 그녀는 눈에 눈물이 고인 채 벅 앞에 무릎을 꿇고 팔로 그의 목을 감쌌다. 그녀는 동정에 차서 소리쳤다.

"아이코, 이 불쌍한 것아. 왜 더 힘껏 끌지 못하니, 응? 그러면 안 맞잖아."

벅은 그녀가 싫었다. 그러나 너무나 비참해서 그저 그날의 비참한 일 가운데 일부려니 하고 그녀가 하는 대로 내버려 뒀다.

쓴소리를 하지 않으려고 지금까지 이를 깨물고 참던 한 사내가 드디어 입을 열었다.

"당신이 무슨 짓을 하든 내 알 바는 아니야, 하지만 이 개들을 위해서 한마디만 하겠어. 썰매를 조금만 손보면 개들이 편해져. 썰매 날이 바닥에 단단히 얼어붙어 있어, 그러니 채찍 쪽으로 몸을 힘껏 밀어 봐. 오른쪽 왼쪽으로 밀어서 그걸 떼어 내라고."

세 번째 시도였다. 결국 남자가 하라는 대로 해서 핼은 눈에 단단히 얼어붙은 썰매 날을 떼어 냈다. 썰매는 짐을 잔뜩 싣고 뒤뚱거리며 앞으로 나아갔다. 벅과 동료들은 우박처럼 쏟아지는 매질에 미친 듯이 고투를 벌였다. 90미터쯤 가자 길이 커브를 돌아 내리막 비탈길로 중심가까지 이어졌다. 높이 쌓은 짐을 싣고 그런 길을 달리려면 능숙한 몰이꾼이 필요했다. 그러나 핼은 그런 인물이 못 되었다. 모퉁이를 흔들흔들 돌아가던 썰매가 넘어졌고 허술하게 묶은 짐들 가운데 절반이 길 위로 쏟아졌다. 개들은 멈추지 않았다. 가벼워진 썰매는 옆으로 쓰러진 채 덜커덩거리며 개들 뒤에서 따라왔다. 개들은 지금까지 받은 나쁜 대우와 턱없이 무거운 짐에 단단히 화가 났다. 벅은 분노했다. 그는 달리기 시작했고 나머지 동료들은 모두 그를 따랐다. 핼은 소리쳤다.

"멈춰! 멈추라고!"

그러나 개들은 귀를 기울이지 않았다. 핼은 비틀거리더니 풀썩 넘어졌다. 뒤집힌 썰매가 그의 몸 위로 지나갔다. 썰매에 남은 물건들이 스캐그웨이 중심가 위로 줄줄 흐르면서 즐거운 거리를 한층 더 즐겁게 만들었다.

친절한 시민들이 개를 붙잡고 흩어진 물건들을 모아 주었다. 그리고 조언했다. 정말로 도슨까지 가고 싶다면 짐을 반으로 줄이고 개는 두 배로 늘려라. 그들의 충고였다. 핼과 그의 누나와 그녀의 남편은 마지못해 충고를 들었고 텐트를 친 다음 짐들을 자세히 조사했다. 통조림이 나오자 사람들이 낄낄 웃었다. 통조림을 들고 그 먼 길을 달릴 생각을 하다니 꿈에서나 가능한 일이었다. 그들을 돕던 사람이 웃으면서 말했다.

"이런 담요는 호텔에서나 쓰는 거야. 이 짐들의 절반도 많아. 다 없애라고. 텐트도 버리고 이 접시들도 모두 버려. 도대체 누가 그걸 씻고 앉아 있겠어? 맙소사, 당신들 일등 침대차라도 타는 줄 아는 모양이군."

그런 식으로 일이 진행됐고 넘치는 물건들이 무자비하게 버려지기 시작했다. 머시디스는 자신의 옷 가방이 땅바닥에 던져지고 물건들이 하나하나 버려질 때마다 울음을 터뜨렸다. 그녀는 일하는 동안 내내 징징거렸고 그다음에는 하나하나씩 버려질 때마다 소리쳤다. 그녀는 두 손을 무릎 부근에서 마주 잡고 몸을 앞뒤로 흔들면서 애통해했다. 그녀는 찰스 같은 사내 열두 명이 와도 1센티미터도 꼼짝하지 않겠다고 공언했다. 그녀는 주변 사람들과 주변의 모든 것에 하소연하더니 아무 소용이 없자 마침내 눈물을 닦고 일어서서 정말로 꼭 필요한 속옷까지 내동댕이치기 시작했다. 제 풀에 흥이 나 자기 물건들을 다 버린 후에 사내들의 물건들로 옮겨 가서 마치 태풍이 몰아치듯이 그것들을 쑤석거리고 내던졌다.

일이 다 끝나자 짐이 반으로 줄었는데 그래도 여전히 굉장한 부피였다. 찰스와 핼은 저녁에 나가더니 외래종 개 여섯 마리를 사들였다. 그렇게 해서 원래 팀 여섯에 기록을 경신할 때 링크 여울에서 합세한 에스키모개 두 마리 티크와 쿠나를 합쳐 모두 열네 마리가 되었다. 외래종 개들은 그곳에 와서 길들었다고는 하지만 큰 도움이 되지 못했다. 세 마리는 쇼트헤어드포인터종이었고 하나는 뉴펀들랜드종이었고 나머지 두 마리는 조상을 알 수 없는 잡종이었다. 이 신참들은 아는 것도 없는 듯했다. 벅과 동료들은 신참들을 실망스럽게 내려다보았다. 벅이 급하게 그들의 위치와 하면 안 되는 일들을 가르쳤지만 해야 하는 일이 뭔지는 가르칠 수 없었다. 그들은 썰매 끄는 일을 신통치 않게 생각했다. 잡종 개 두 마리를 제외한 나머지는 오자마자 푸대접을 받고 그들이 처한 환경이 열악한 것에 당황해서 풀이 죽어 있었다. 잡종 개 두 마리도 전혀 힘이 없어 보였다. 그들 몸에서 부서질 거라고는 뼈밖에 없었다.

희망도 생기도 없는 신참들에다 연속해서 4000킬로미터를 달려 기진맥진해진 늙은 팀이라니, 전망이 어두웠다. 그러나 두 사내는 아주 들떠 있었다. 게다가 그들은 자랑스러워하기까지 했다. 그들은 개 열네 마리를 거느린 호화로운 여행을 꿈꾸고 있었다. 그들은 지금껏 패스를 넘어 도슨까지 갔다가 다시 도슨에서 돌아오는 썰매들을 많이 봤는데 개 열네 마리가 썰매를 끌고 다니는 것을 한 번도 본 적이 없었다. 북극에서 여행할 때는 절대로 썰매 하나에 개 열네 마리를 묶지 않았는데 이유가 있었다. 썰매 하나가 개 열네 마리의 식량을 싣고 나닐 수 없기 때문이었다. 그러나 핼과 찰스는 이런 사실을 몰랐다. 그들은 여행을 순전히 머릿속으로 연필로만 계산해서 개 한 마리에 식량 얼마, 그래서 개 몇 마리에 며칠이 걸릴 거라는 식으로 간단히 생각해 버렸다. 머시디스는 그들의 어깨 너머로 보고는 알았다는 듯이 고개를 끄덕였다. 모든 게 그렇게 아주 단순했다.

다음 날 아주 늦게 벅은 긴 대열의 팀을 거리로 끌고 갔다. 그 일이 신날 리가 없었으므로 벅도 동료들도 생기나 힘이 없었다. 그들은 죽도록 피곤한 채로 출발했다. 지금까지 솔트워터에서 도슨까지 네 번이나 왕복했는데 이제 지치고 피곤한 상태로 같은 길을 또 가다니 비참하기 짝이 없었다. 벅의 가슴에는 일에 대한 열정이 없었고 동료들도 마찬가지였다. 외래종 개들은 겁 많고 소심했고 에스키모개들은 새 주인을 전혀 믿지 못했다.

벅은 이 두 사내와 여자를 믿을 수 없다고 막연하게 느꼈다. 그들은 아무 일도 할 줄 몰랐고 시간이 흐를수록 어떤 일도 배울 수 없는 사람들이라는 것이 드러났다. 그들은 매사에 느슨했고 질서도 없었고 훈련도 되어 있지 않았다. 캠프를 설

치하는 데, 그것도 허술하기 짝이 없게 세우는 데 밤의 절반이 지나갔고 아침이면 캠프를 걷고 짐을 싣는 데 반나절이 걸렸다. 어찌나 짐을 허술하게 꾸려서 실었는지 가는 내내 툭 하면 멈춰서 다시 짐을 꾸리느라고 정신이 없었다. 어떤 날은 15킬로미터도 채 못 갔고 어떤 날은 아예 출발도 하지 못했다. 개를 먹일 식량에 맞춰 계산한 거리의 반 이상을 갔던 날이 단 하루도 없었다.

사정이 이렇다 보니 개에게 먹일 식량이 부족한 것은 당연했다. 그런데도 그들은 개들에게 식량을 지나치게 많이 먹여서 식량 공급을 줄여야 하는 날을 앞당겼다. 식량을 아끼기 위해 개들은 만성적인 배고픔에 단련되어야 했는데 외래종 개들은 그런 단련이 되어 있지 않아서 늘 헐떡거렸다. 게다가 한 술 더 떠서 핼은 지친 에스키모개들이 간신히 썰매를 끌자 정해진 식사량이 적어서 그렇다고 판단하고 양을 두 배로 늘렸다. 그러고도 모자라 머시디스는 그 예쁜 눈에 눈물을 글썽이며 떨리는 목소리로 개에게 음식을 더 주도록 핼을 설득하지 못할 때는 자루에서 물고기를 훔쳐 몰래 먹이기까지 했다. 그러나 벅과 에스키모개들이 원하는 것은 음식이 아니라 휴식이었다. 천천히 달렸는데도 불구하고 무거운 짐이 개들에게서 힘을 모두 앗아 갔다.

드디어 식량을 줄여야 할 때가 되었다. 어느 날 핼은 개들의 음식이 반밖에 남지 않았는데 그들은 겨우 사분의 일 지점을 지나고 있다는 것을 깨달았다. 게다가 돈이 있든 없든 더 이상 음식을 구할 수도 없는 형편이었다. 그래서 그는 이번에는 식사량을 줄이고 대신 매일 가야 할 거리를 늘리기로 했다. 누나와 매형은 찬성했지만 짐이 무겁다는 사실에 절망했고 자신들이 무능하다는 것에 기가 죽었다. 개들에게 음식을 덜 주는 것은 간단했지만 일을 더 시키는 것은 불가능했다. 아침에 일찍 출발하지 못했으므로 하루 일을 더 늘릴 수도 없었다. 그들은 개를 어떻게 부려야 하는지 몰랐고 자신들이 어떻게 해야 하는지도 몰랐다.

첫 희생자는 더브였다. 실수투성이에다 불쌍한 도둑으로 늘 잡혀서 벌을 받았지만 그래도 그는 충실한 일꾼이었다. 치료도 못 받고 쉬지도 못해서 그의 비틀린 어깨뼈 상태가 점점 더 악화되었고 핼은 할 수 없이 콜트 권총으로 그를 죽여야 했다. 외래종 개들이 에스키모개들 먹는 양밖에 못 먹으면 굶어 죽는다는 지방 속담은 틀린 말이 아니었다. 그러니 벅의 밑에 있던 외래종 개 여섯 마리가 에스키모개 식사량의 반을 먹고 살 수 없는 것은 당연했다. 뉴펀들랜드종이 가장 먼저 죽었고 쇼트헤어드포인터종 세 마리가 그 뒤를 따랐고 잡종 개 두 마리는 용감하게 좀 더 버텼지만 결국 세상을 뜨고 말았다.

이때쯤부터 세 사람은 남부인들이 지닌 예의와 부드러움을 잃어 갔다. 우아함과 낭만이 벗겨지고 나니 북극 여행은 그들에게 남성다움과 여성다움을 지키기 어려운, 너무나 가혹한 현실로 다가왔다. 머시디스는 스스로를 위해 울고 남편, 동생과 다투느라 더 이상 개들을 위해 울지 않았다. 그들은 서로 다투는 일에 있어서만은 결코 지칠 줄 몰랐다. 비참함에서 비롯한 초조함이 점점 커져서 비참함의 두 배가 되고 그것을 능가했다. 열악한 상황에 고통 받으면서도 열심히 일하고 여전히 친절함과 부드러운 말투를 잃지 않는 사람들에게 찾아드는 멋진 인내심은 이 두 사내와 여자에게는 찾아오지 않았다. 그들은 그런 인내심을 막연하게라도 떠올리지 못했다. 속 좁은 그들은 힘들어하기만 했다. 그들은 근육도 아프고 뼈도 아프고 가슴도 아팠다. 그들은 이런 아픔 때문에 아침에 입을 열자마자, 그리고 밤에 잠들 때까지 날카롭고 거칠게 말했다.

찰스와 핼은 머시디스가 빌미를 제공할 때마다 말다툼을 했다. 그들은 자신들이 해야 할 일보다 더 많이 일한다고 굳게 믿었기 때문에 기회가 있을 때마다 불만을 토로했다. 머시디스는 때로 남편의 편을 들었고 때로 남동생의 편을 들었다. 그 결과는 꼴사납게 그칠 줄 모르는 가족 불화였다. 불을 지피는 데 쓸 장작 서너 조각을 누가 쪼개느냐로 시작한 언쟁은(오직 찰스와 핼 사이의 언쟁이었지만) 어느덧 아버지, 어머니, 삼촌, 조카 등 현장에 있지도 않은 몇천 킬로미터 떨어진 사람들이나 때로는 죽은 사람들까지 끌어들이는 식으로 확장되었다. 예술에 관한 핼의 견해라든가 그의 외삼촌이 쓴 사회극이 불을 피우기 위해 장작 쪼개는 일과 무슨 상관이 있는지 도무지 모를 일이었다. 그런데도 다툼은 찰스의 정치적 편견 등과 같은 방향으로 번져 가곤 했다. 찰스의 누이가 입이 싸다는 것이 유콘강가에서 불을 피우는 일과 관련한다는 것은 오직 머시디스에게만 중요한 문제였다. 그녀는 그것을 화제 삼아, 그리고 남편의 가족과 관련한 불쾌하고 이상한 특성들도 함께 싸잡아 트집을 잡으면서 자신의 불안을 해소하려 했다. 그러는 사이에 모닥불은 지펴지지 않았고 캠프는 세워지다 말았고 개들은 언제 먹이를 받을지 몰랐다.

머시디스는 특별한 불만을 키워 갔다. 여성으로서의 불만이었다. 예쁘고 부드러운 그녀는 평생 정중하게 대접받아 왔다. 그러나 현재 남편과 남동생에게서 받는 대접은 그런 정중함과 거리가 멀었다. 그녀는 습관적으로 무력했는데 사내들은 그것을 불평했다. 그녀에 대한 불평은 여성의 가장 본질적인 특권을 건드리는 것이었기에 그녀는 그들의 태도를 참고 견딜 수 없었다. 그녀는 더 이상 개를 배려하지 않았고 아프고 피곤해서 썰매를 타고 가겠다고 계속 고집했다. 그녀는 예쁘고 부드러웠지만 몸무게가 무려 50킬로그램이나 돼서 쇠약하고 굶주린 개들이 끄는 짐에 엄청난 부담이 되었다. 그녀는 며칠 동안 썰매를 타고 갔으나 개들이 끈을 맨 채로 쓰러졌고 썰매는 멈춰 버렸다. 찰스와 핼은 그녀에게 내려서 걸어 달라고 빌고 간청하고 탄원했고 그녀는 울면서 하늘에 대고 그들의 무례함을 조목조목 열거했다.

한번은 둘이 힘을 합쳐 머시디스를 썰매에서 내려놓은 적도 있었는데, 그 후 다시는 그런 짓을 하지 않았다. 그녀가 응석 부리는 아이처럼 두 다리를 늘어뜨리고 길바닥에 주저앉아 버렸기 때문이다. 그들이 계속 가는데도 그녀는 꼼짝도 하지 않았다. 5킬로미터를 간 다음에 그들은 짐을 내려놓고 돌아와서 그녀를 간신히 썰매에 다시 태웠다.

자신들이 너무나 비참했기 때문에 그들은 동물의 고통에 무감각해졌다. 핼에게는 제 나름대로 이론이 있었고 다른 이

들에게 그것을 실제로 적용했는데 다름 아니라 사람은 비정해져야 한다는 것이었다. 그는 누나와 매형에게 그 이론을 설교하기 시작했다. 그것이 통하지 않자 그는 곤봉을 들고 개들에게 그 이론을 적용하려 했다. 파이브핑거스에서 개들의 식량이 바닥났다. 어떤 늙은 인디언 여자가 핼에게 커다란 사냥칼과 함께 엉덩이에 자랑스럽게 차고 다니던 콜트 권총을 냉동 말가죽 몇 킬로그램과 바꾸자고 제안했다. 음식 대용으로 형편없는 이 말가죽은 소몰이꾼이 여섯 달 전에 굶어 죽은 말에게서 벗겨 낸 것이었다. 차라리 양철 조각에 가까운 냉동 가죽은 개가 억지로 위장에 쑤셔 넣으면 녹아서 가늘고 아무 영양가도 없는 가죽 조각과 한 덩어리의 짧은 털이 되는데 불편하기만 할 뿐 소화도 되지 않았다.

그 모든 일을 악몽처럼 겪으면서 벅은 여전히 일행의 선두에서 비틀거리며 나아갔다. 그는 썰매를 끌 힘이 있을 때는 끌고 그렇지 못할 때는 주저앉았다가 채찍이나 곤봉이 그를 마구 내리치면 다시 일어서곤 했다. 아름다운 털의 탄력 있고 빛나는 광택은 사라진 지 오래였다. 털은 맥없이 늘어져 질질 끌리며 더러워졌고 곤봉 때문에 생긴 상처 자국에는 말라붙은 피가 딱딱하게 엉겨 붙어 있었다. 그의 근육은 닳아서 매듭진 끈처럼 변했고 피하 지방이 빠진 탓에 갈비뼈와 온갖 뼈들은 주름들과 늘어진 피부로 얇게 덮인 채 앙상한 몸을 드러냈다. 가슴 아픈 몰골이었으나 벅의 마음만은 그렇지 않았다. 붉은 스웨터 입은 사내가 증언했듯이 벅의 가슴은 아직 부서지지 않았다.

벅과 마찬가지로 다른 개들도 사정은 비슷했다. 벅을 포함한 일곱 마리는 한결같이 걸어 다니는 해골에 불과했다. 너무 고통스러워서 채찍으로 갈겨 맞건 곤봉으로 얻어맞건 무감각했다. 눈으로 보는 것과 귀로 듣는 것 모두가 무뎌지고 아득해지듯이 매질의 고통도 무뎌졌고 아득하게 느껴졌다. 그들은 반쯤 살아 있는 것도 아니고 사분의 일쯤 살아 있는 것도 아니었다. 그저 생명의 불꽃이 희미하게 깜빡거리는 수많은 뼈들이 든 자루였다. 썰매가 멈추면 개들은 끈에 매인 채 죽은 듯이 털썩 주저앉았고 생명의 불꽃은 멀리서 희미하게 꺼져 가는 듯했다. 다시 곤봉이나 채찍으로 맞으면 그 불꽃이 희미하게 깜빡였고 그들은 간신히 일어나 비틀거리며 나아갔다.

착한 빌리도 어느 날 쓰러져 다시는 일어나지 못했다. 콜트 권총을 말가죽과 바꿔 버린 핼은 하는 수 없이 끈에 묶인 채 쓰러진 빌리의 목을 도끼로 내리쳤다. 그러고는 그의 몸을 끈에서 빼내 길가로 끌어냈다. 벅과 동료들은 그 광경을 보았다. 머지않아 같은 운명이 그들을 찾아오리라는 것을 알았다. 그다음 날 쿠나가 죽었고 일행은 다섯 마리로 줄었다. 조는 심술을 부리기에는 너무나 쇠약해졌고, 다리를 절뚝거리며 몸을 가누지 못하는 파이크는 꾀를 부리기에는 정신이 반은 나가 있었다. 외눈박이 솔렉스는 여전히 있는 힘을 다해 썰매를 끌었으나 이제 끌 힘이 너무 약해졌다고 슬퍼했다. 그해 겨울까지 이렇게 멀리까지 여행해 본 적이 없었던 티크는 처음이어서 누구보다 더 지쳐 있었다. 벅은 아직도 팀의 대장이었으나 이제는 규율을 요구하지 않았고 그것을 강요하려 애쓰지도 않았다. 쇠약해진 그는 여정의 말미에는 잘 보이지 않는 시력과 희미한 발의 감각에 의지해 간신히 썰매를 끌었다.

화창한 봄날이었다. 그러나 개도 인간도 그것을 의식하지 못했다. 매일같이 해는 더 일찍 떠서 더 늦게 졌다. 새벽은 아침 3시에 찾아왔고 황혼은 밤 9시까지 머뭇거렸다. 긴긴 하루 동안 태양이 내리비췄다. 유령 같은 겨울의 침묵은 생명을 일깨우는 위대한 봄의 재잘거림에 자리를 내줬다. 그 재잘거림은 삶의 기쁨에 흠뻑 취한 드넓은 대지로부터 솟아올랐다. 그것은 다시 살아 움직이는 만물에서, 땅이 얼어붙은 긴 세월 동안 숨죽인 채 움직일 줄 몰랐던 만물에서 솟아 나왔다. 소나무에서는 수액이 올라왔고 버드나무와 사시나무에서는 어린 꽃망울이 터졌다. 떨기나무와 넝쿨 들은 연초록 옷을 입었다. 밤이면 귀뚜라미가 울었고 낮이면 기어 다니는 것, 꿈틀거리는 것 들이 온갖 자세로 태양 아래에서 수선을 피웠다. 자고새와 딱따구리는 숲 속에서 번창하며 나무를 딱딱 쪼았다. 다람쥐들은 재잘거렸고 새들은 노래했고 들새들은 교묘하게 쐐기 모양으로 공중을 가르며 남쪽에서 날아와 머리 위에서 조잘거렸다.

모든 비스듬한 언덕에서는 보이지 않는 샘물들의 노랫소리가 졸졸 들렸다. 만물이 녹고 굽이치고 딱딱 갈라졌다. 유콘 강은 단단히 붙어 있던 얼음을 떼 버리려고 애를 썼다. 아래에서는 강이, 위에서는 태양이 얼음을 녹였다. 바람 구멍이 뚫리고 균열이 생기더니 틈이 벌어지는 사이로 얇은 얼음들이 떨어져 강물 속에 통째로 떠내려갔다. 온갖 생명이 깨어나며 터지고 갈라지고 고동치는 한가운데, 가볍게 한숨짓는 미풍 속으로 태양이 내리비출 때 두 사내와 한 여자와 에스키모개들은 죽음을 향해 가는 나그네처럼 비틀거리며 걷고 있었다.

개들이 쓰러지는데도 머시디스는 징징 짜면서 썰매를 타고 갔다. 핼은 공연히 욕을 해 댔고 찰스는 눈물을 글썽거리며 생각에 잠겨 있었다. 그들은 화이트강 입구에 세워진 존 손턴의 캠프로 비틀거리며 들어갔다. 그들이 멈추자 개들은 갑자기 죽음의 세례를 받은 듯이 한꺼번에 털썩 주저앉았다. 머시디스는 눈물을 닦으며 손턴을 바라보았다. 찰스는 쉬기 위해 통나무 위에 주저앉았다. 몸 전체가 뻣뻣하게 굳은 그는 아주 힘들게 천천히 그 위에 앉았다. 핼이 손턴에게 말을 붙였다. 손턴은 도끼 자루를 만들기 위해 자작나무를 잘라 마지막 칼질을 하고 있었다. 그는 나무를 다듬으면서 이야기를 들었다. 그는 아주 짧게 대답했고 도움을 요청받으면 간단히 충고만 했다. 그는 그 사람들이 어떤 부류인지 간파했기에 따르지도 않을 충고를 길게 말할 필요가 없다고 느꼈다.

"강 위쪽 사람들이 바닥이 갈라져 길이 없어지니까 여행을 늦추는 게 최선이라고 합디다."

못 믿을 얼음 위에서 왜 목숨을 거느냐고 손턴이 충고하자 핼이 되받았다.

"그 사람들 우리가 화이트강에 못 갈 거라고 말했는데 보세요, 우리는 이렇게 왔잖아요."

그는 조롱기를 약간 띠고 의기양양하게 말했다.

"그렇지만 그 사람들은 진실을 말한 거요. 바닥은 어떤 순간에 갈라질지 몰라요, 그러니 바보들이나 눈먼 행운을 믿고 그런 길을 가죠. 한마디로 나는 알래스카의 황금을 다 준다 해도 저런 얼음 밑으로 내 시체를 던지지는 않겠어요."

손턴이 대답했다.

"흠, 그건 당신이 바보가 아니기 때문이지요. 누가 뭐래도 우리는 도슨으로 갈 거요."

헬은 말았던 채찍을 풀었다.

"일어나, 벅! 모두들 일어나라고! 출발한다!"

손턴은 칼질을 계속했다. 바보와 대적해 봐야 손턴 자신도 바보가 될 뿐이었다. 바보가 두세 명 늘거나 준다고 어디 세상이 달라지나. 이것이 그의 생각이었다.

그러나 개들은 헬의 명령에도 불구하고 일어날 수가 없었다. 매를 맞아야만 일어날 수 있는 단계로 접어든 지 오래였다. 채찍이 여기저기에서 무자비한 임무를 수행하며 번득였다. 존 손턴은 입술을 꽉 다물었다. 맨 처음으로 솔렉스가 다리를 꿈틀거렸다. 티크가 따랐다. 다음으로 조가 고통을 호소하며 꿈틀거렸다. 파이크는 아주 힘들게 애를 썼다. 그는 두 번이나 넘어졌고 반쯤 일어선 세 번째에 간신히 설 수 있었다. 벅은 아무 노력도 하지 않았다. 그는 넘어진 채로 꼼짝도 하지 않았다. 채찍이 그의 몸을 연방 내리쳤다. 그러나 그는 신음하지도 않고 움직이지도 않았다. 손턴이 몇 번이나 말을 하려고 움칠했다가는 그만뒀다. 매질이 계속되자 그 사내의 두 눈에 눈물이 고였고 그는 몸을 일으키더니 어쩔 줄 모르고 서성거렸다.

벅이 명령을 따르지 않은 것은 이번이 처음이었다. 그래서 헬의 분노는 이만저만이 아니었다. 그는 채찍 대신 예의 그 곤봉을 쳐들었다. 타격이 훨씬 더 심해졌으나 벅은 여전히 일어설 것을 거부했다. 그는 동료들처럼 간신히 일어설 수는 있었다. 그러나 동료들과 달리 일어서지 않기로 작정했다. 그는 파국이 닥치고 있다는 것을 막연히 느꼈다. 강둑으로 들어섰을 때부터 그런 느낌이 강하게 벅을 사로잡았고 이후 그 느낌은 줄곧 그를 떠나지 않았다. 하루 종일 발밑에서 흔들리는 얇은 얼음을 느끼며 그는 재난이 가까이, 저기 저, 지금 주인이 그를 끌고 가려는 그곳에 도사리고 있다는 것을 막연히 알았다. 그는 움직이지 않았다. 고통이 너무나 심해서, 기력이 너무나 떨어져서 매질의 아픔도 그리 심하게 느껴지지 않았다. 매질이 계속되자 생명의 불꽃도 반짝이다가 꺼져 갔다. 그것이 거의 소진해 갔다. 그는 이상하게 무감각했다. 아주 막연하게 매를 맞고 있다는 것을 느낄 뿐이었다. 마지막 고통이 그를 떠났다. 벅은 곤봉이 몸에 부딪치는 소리를 희미하게 들은 것 같았으나 아무런 느낌이 없었다. 그것은 더 이상 자신의 몸이 아니었고 먼 곳에 있는 어떤 것이었다.

그때 갑자기 아무 예고도 없이 어떤 외침, 거의 동물이 부르짖는 듯한 알 수 없는 외침이 들렸고 존 손턴이 곤봉을 휘두르는 사내에게 달려들었다. 쓰러지는 나무에 맞은 듯이 헬은 뒤로 넘어졌다. 머시디스가 비명을 질렀다. 찰스는 눈에서 눈물을 씻고 그 장면을 망연히 바라보았으나 몸이 굳어 쉽사리 일어서지 못했다.

존 손턴은 헬의 몸을 한 발로 밟고 자신을 가누려고 애쓰며 분노에 차서 아무 말도 하지 못했다.

"저 개를 또다시 때리면 넌 내 손에 죽는다."

마침내 손턴은 목이 막힌 듯 간신히 말을 마쳤다.

"저건 내 개야."

핼은 정신이 들자 입에서 흐르는 피를 닦으며 대꾸했다.

"내 일에 간섭하지 마, 안 그러면 손 좀 봐 줄 테니. 어쨌거나 난 도슨으로 갈 거야."

손턴은 핼과 벅 사이를 가로막았고 전혀 비킬 기미를 보이지 않았다. 핼은 긴 사냥칼을 꺼냈다. 머시디스는 자지러지게 비명을 지르고 울었다 웃었다 하며 혼란스러운 히스테리 증세를 나타냈다. 손턴은 핼의 주먹을 도끼 자루로 힘껏 내리쳐 칼을 땅에 떨어뜨렸다. 손턴은 핼이 칼을 주우려 하자 다시 그의 주먹을 세차게 내리쳤다. 그러고 나서 허리를 굽혀 그 칼을 집어 벅을 묶은 끈을 두 번에 끊어 버렸다.

핼에게는 더 이상 싸울 기력이 남아 있지 않았다. 게다가 그의 두 손을, 아니 차라리 두 팔이라고 하는 것이 낫겠지만, 머시디스가 꽉 잡고 있었다. 벅은 이제 죽은 것이나 다름없어서 더 이상 썰매를 끌지 못할 것이었다. 몇 분 뒤에 일행은 둑을 벗어나 강을 따라 내려갔다. 벅은 그들이 떠나는 소리를 듣고 고개를 들어 바라보았다. 파이크가 앞장섰다. 솔렉스는 썰매 바로 앞자리를 차지했다. 그 사이에 조와 티크가 있었다. 그들은 다리를 절고 비틀거렸다. 머시디스는 여전히 짐이 쌓여 있는 썰매를 타고 갔다. 핼이 채찍을 쥐었고 찰스는 뒤에서 비틀거리며 따라갔다.

벅이 그들을 바라보고 있을 때 손턴은 그의 곁에 무릎을 꿇고 앉아 거칠면서도 친절한 손길로 벅의 부러진 뼈들을 살펴보았다. 그가 벅의 몸에서 여러 군데의 상처와 끔찍한 굶주림 외에 별다른 것을 찾지 못했을 때 썰매는 400미터 정도 떨어진 곳에 있었다. 손턴과 벅은 일행이 얼음 위를 기어가는 것을 지켜보았다. 그런데 갑자기 썰매 뒷부분이 마치 홈으로 미끄러지듯이 쑥 들어가더니 채찍에 매달린 핼이 공중으로 튕겨 나갔다. 머시디스의 비명이 둘의 귓전을 울렸다. 찰스가 뒤돌아 달려 나오려고 한 걸음을 떼자 주변의 얼음 전체가 떠내려가면서 개와 인간 들이 모두 사라졌다. 보이는 것이라고는 입을 딱 벌린 구멍뿐이었다. 강바닥이 녹아 썰매 길이 떨어져 나간 것이었다.

존 손턴과 벅은 서로 마주 보았다.

"불쌍한 놈."

손턴이 말했고 벅은 그의 손을 핥았다.

6
한 인간을 향한 사랑

지난 12월, 발에 동상이 걸린 손턴이 편안하게 발을 치료하도록 동료들은 그를 남겨 두고 계속 강을 따라 올라갔다. 도슨의 제재소로 가져갈 통나무를 뗏목에 실어 끌고 오기 위해서였다. 벅을 구출할 때까지도 손턴은 발을 약간 절뚝거렸지만 날씨가 계속 포근해서 이제는 절뚝거리는 기미조차 없었다. 강둑에 누워 흐르는 물을 바라보며 새들의 노랫소리와 자연의 흥얼거림에 귀를 기울이며 긴 봄날을 보내자 벅도 서서히 원기를 회복해 갔다.

5000킬로미터를 달리고 난 후의 휴식은 꿀맛 같았다. 솔직히 말하면 상처가 낫고 근육이 부풀어 오르고 다시 살이 붙어 뼈들을 덮는 동안 벅은 좀 게을러졌다. 그들 넷(벅, 존 손턴, 스키트, 니그)은 모두 뗏목이 와서 그들을 태우고 도슨으로 갈

때를 기다리며 빈둥거렸다. 스키트는 작은 아이리시세터였는데 지금은 벅의 친한 친구가 되었다. 사실 벅이 죽어 가는 상태였기에 그녀가 먼저 친구가 되자고 했을 때 벅은 화를 낼 수가 없었다. 어떤 개들에게는 의사 기질이 있었는데 그녀가 바로 그랬다. 스키트는 어미 고양이가 제 새끼를 씻기듯 벅의 상처를 씻어 주었다. 아침마다 벅이 식사를 끝내고 나면 스키트는 자진해서 규칙적으로 그 일을 했는데 그러다 보니 벅은 손턴의 보살핌을 기다리듯이 그녀의 도움을 기다리게 되었다. 니그도 스키트 못지않게 친절했지만 겉으로는 잘 표현하지 않는 커다란 검은 개였다. 니그는 반은 블러드하운드이고 반은 디어하운드였는데 눈은 늘 웃었고 마냥 착했다.

놀랍게도 이 두 마리 개들은 벅을 전혀 질투하지 않았다. 그들은 존 손턴의 친절함과 너그러움을 나눠 가진 듯했다. 벅이 점점 기운을 차리자 둘은 벅을 온갖 우스꽝스러운 게임에 끌어들였는데 손턴도 게임에 참가했다. 이런 방식으로 즐겁게 뛰놀며 회복기를 보낸 그는 새로운 존재로 거듭났다. 그는 생전 처음으로 사랑, 진실하고 열정적인 사랑을 경험했는데 햇빛 비치는 산타클라라 계곡에서는 결코 맛보지 못했던 것이었다. 벅은 판사의 아들과 사냥하거나 산책할 때 업무상 동업자였고 판사의 손자와 놀 때는 어엿한 보호자였고 판사와 함께 있을 때는 견고하고 위엄 있는 우정의 동반자였다. 그러나 열병처럼 타오르는 흠모, 미칠 듯이 광적인 사랑은 손턴만이 불러일으킨 감정이었다.

벅의 생명을 구해 낸 그 사내는 그의 모든 것이었다. 게다가 손턴은 이상적인 주인이었다. 다른 사람들은 개를 의무감에서, 일의 편의를 위해서 돌봐 주었다. 그러나 그 사람은 마치 자식을 돌보듯이, 그렇게밖에 달리 길이 없다는 듯이, 벅을 돌봐 주었다. 그리고 그 이상의 것이 있었다. 그는 언제나 친절한 인사와 즐거운 말을 잊지 않았고 앉아서 개들과 긴 이야기를 나눴는데(그는 이것을 '잡담'이라고 불렀다.) 이는 곧 개들의 기쁨이자 그 자신의 기쁨이었다. 손턴은 벅의 머리를 그의 두 손으로 꽉 잡고 벅의 머리 위에 자기 머리를 얹고 벅을 앞뒤로 흔들면서 말을 하곤 했다. 그러면서 손턴은 욕을 했지만 벅에게는 그것들이 애정 표현이었다. 벅은 손턴이 거칠게 포옹할 때나 귀에 대고 욕을 속삭일 때 가장 행복했다. 손턴이 벅을 앞뒤로 흔들어 줄 때마다 벅은 심장이 밖으로 터져 나오는 것처럼 황홀함의 극치를 맛보았다. 그리고 손턴이 그를 놓아줄 때면 그는 펄쩍 튀어 올라 웃음을 머금고 우아한 눈빛을 띤 채 말을 못하는 대신 목젖을 떨며 그렇게 한동안 조용히 있었다. 그러면 주인은 존경스럽다는 듯이 외쳤다.

"맙소사! 넌 말만 빼고 다 할 수 있구나!"

벅에게는 상처 주듯 애정을 표현하는 기술이 있었다. 손턴의 손을 입에 넣고 이빨로 꽉 물어서 그의 손에 자신의 이빨 자국을 한동안 남기는 방식이었다. 벅이 욕을 애정 표현으로 이해했듯이 주인도 벅이 진짜가 아니라 깨무는 척하는 것을 애정 표현으로 이해했다.

그러나 벅은 전반적으로 주인을 숭배하는 것으로 사랑을 표현했다. 손턴이 그를 만지거나 그에게 말을 걸 때 벅은 말할 수 없는 행복감으로 흥분했지만 이런 사랑의 증거를 얻어 내려고 애쓰지는 않았다. 손턴의 손 밑에 자신의 코를 밀어 넣고 그가 쓰다듬어 줄 때까지 계속 비벼 대는 스키트와 달리, 몰래 접근해 큰 머리를 손턴의 무릎 위에 올려놓는 니그와 달리 벅은 그저 멀리서 손턴을 바라보는 것만으로 만족했다. 그는 열정에 가득 차서, 하지만 경계는 풀지 않고서 손턴의 발아래에 몇 시간이고 누워 있곤 했다. 그럴 때면 벅은 정신을 집중해 그의 얼굴을 들여다보고 곰곰이 생각하고 관찰하고 스쳐 지나가는 표정 하나도 놓치지 않고 동작 하나하나, 심지어 자세를 바꾸는 모습까지 놓치지 않고 지켜보곤 했다. 기회가 주어지면 벅은 좀 떨어진 곳에서, 주인의 뒤에서나 옆에서 전체 모습이나 때때로 움직이는 몸의 곡선 등을 놓치지 않고 보았다. 그리고 자주 (그것이 그들이 살아가면서 누릴 수 있는 공감이었는데) 벅의 강렬한 눈빛은 존 손턴을 돌아보게 했고 그도 말없이 벅을 응시했다. 벅의 가슴이 빛나듯이 손턴의 가슴도 눈을 통해 빛났다.

구출되고 나서 오랫동안 벅은 손턴이 보이지 않는 것을 싫어했다. 그래서 텐트를 나와서 다시 들어올 때까지 늘 그를 따라다녔다. 집을 떠나 북극에 온 후 계속 주인이 바뀌었기에 벅의 마음속에는 어떤 주인도 영원하지 않다는 공포가 새겨져 있었다. 페로, 프랑수아, 스코틀랜드 혼혈인들이 스쳐 지나갔듯이 손턴도 자신 곁에서 떠나면 어쩌나 하는 두려움이 가득했다. 밤에도, 꿈속에서도 벅은 이런 두려움에 쫓기곤 했다. 그런 날 밤이면 그는 꿈을 떨치고 일어나 살살 걸어갔다. 그리고 펄럭이는 차가운 텐트 자락 옆에 서서 주인의 숨소리에 귀를 기울였다.

그러나 손턴을 사랑하는 벅의 마음이 아무리 강해도 그것은 부드러운 문명의 산물이었고, 북극이 불러일으킨 원시적 기질은 그대로 살아 벅의 내부에서 꿈틀거렸다. 불과 지붕의 산물인 충성심 그리고 헌신적 사랑과 마찬가지로 야생의 거친 본성과 약삭빠른 책략도 그의 것이었다. 그는 수 세대에 걸쳐 문명의 낙인이 찍힌 남부의 길든 개가 아니라 황야에서 손턴의 불 가로 찾아든 야생의 후예였다. 벅은 주인에 대한 커다란 사랑 때문에 이 사내로부터 아무것도 훔치지 않았으나, 다른 사람들이나 다른 캠프에서는 아무런 흔적도 남기지 않고 물건을 훔칠 수 있는 교묘한 책략을 갖고 있었다.

벅의 얼굴과 몸에는 수많은 개들의 이빨 자국이 새겨져 있었고 그는 갈수록 사납게, 아니 한층 더 약삭빠르게 싸웠다. 스키트와 니그는 싸우기에는 너무나 순했다. 게다가 그들은 손턴에게 종속되어 있었다. 그러나 어떤 핏줄로 태어났든, 얼마나 용맹스럽든 낯선 개는 벅의 우월성을 금방 알아보거나 그렇지 않으면 끔찍한 적수인 벅과 목숨을 걸고 싸워야 했다. 벅은 무자비했다. 그는 곤봉과 송곳니의 법칙을 깊이 새겼기에 유리한 싸움을 놓치지 않았고 죽음을 불사하는 적에게서 물러서지도 않았다. 벅은 스피츠에게서, 경찰견이나 우편견의 대장들에게서 교훈을 얻었는데 그것은 중간노선이란 없다는 것이었다. 지배자가 되든 지배를 받든 둘 중 하나였다. 자비를 베푸는 것은 나약한 행동이었다. 원시적 삶에서 자비란 존재하지 않았다. 자비는 공포로 오해받았고 그런 오해는 죽음을 불렀다. 죽이느냐 죽느냐, 먹느냐 먹히느냐 이것이 유일한 법이었다. 태곳적부터 지금까지 벅은 이 법칙에 복종했다.

벅은 자신이 겪은 날들이나 살아온 날들보다 더 나이가 들었다. 그는 현재와 과거를 하나로 연결했고, 그의 배후에 있는 영원한 시간이 그를 통과하며 강렬한 리듬으로 고동쳤고, 바로 그 리듬에 맞춰 조수와 계절의 흐름처럼 몸이 흔들렸다. 넓은 가슴과 하얀 송곳니와 긴 털을 가신 벅은 존 손턴의 모닥불 옆에 앉아 있었다. 그러나 벅의 뒤에는 온갖 종류의 개들 그림자가 길게 드리워 있었다. 반은 늑대인 개들과 야생 늑대들이 성급하게 길길이 뛰며 벅이 먹는 고기의 풍미를 맛보았고 그가 마시는 물을 탐냈고 그와 함께 바람 냄새를 맡았고 숲 속 거친 삶이 만들어 내는 소리들을 듣고 그에게 말해 줬다. 그들은 벅의 기분을 좌우하고 행동을 지시했으며 벅이 누우면 함께 누워 잠이 들었다. 그와 함께 그리고 그를 넘어서서 꿈을 꿨고, 스스로 벅의 꿈속으로 들어가 그 꿈을 가득 채웠다.

이 그림자들이 벅에게 너무나 강력하게 명령해서 인간과 인간의 요구 들은 날마다 그에게서 멀어졌다. 숲 속 깊은 곳에서 벅을 부르는 소리가 들렸다. 신비롭게 떨리고 유혹하는 소리를 자주 들은 벅은 모닥불과 그 주변의 다져진 흙에서 등을 돌려 숲 속으로 뛰어들고 싶었다. 소리가 어디에서 오는지, 왜 들리는지 그는 알지 못했지만 야성의 부름은 계속되었다. 숲 속 깊은 곳으로부터 들리는 절체절명의 소리였기에 그는 어디로 그리고 왜라는 물음을 던지지도 않았다. 그러나 부드럽고 매끄러운 흙과 초록빛 그늘을 자주 접하면서 손턴에 대한 사랑이 커진 벅은 다시 불 가로 돌아섰다.

오직 손턴만이 벅을 붙잡아 두었다. 나머지 사람들은 아무것도 아니었다. 우연히 만난 여행객들이 그를 칭찬하고 쓰다듬었지만 벅은 그런 관심에 냉정했고 그들이 너무 지나치게 관심을 표시하면 벅은 일어나 걸어가 버렸다. 손턴의 동료인 한스와 피트가 기다리고 기다리던 뗏목을 타고 도착했을 때 벅은 그들이 손턴과 아주 가깝다는 것을 알 때까지 그들을 아는 척도 하지 않았다. 그 후에도 아주 수동적인 태도로 그들을 대했는데, 마치 그들을 받아들이는 게 호의를 베푸는 행동인 것처럼 그들의 호의를 받아들였다. 그들도 손턴처럼 너그러운 사람들이어서 흙과 친하게 살고 소박하게 생각하고 사물을 제대로 봤다. 도슨에서 제재소 옆에 있는 커다란 소용돌이 속으로 뗏목을 타고 떠날 즈음 그들은 벅의 태도를 이해했고 스키트나 니그와 친한 만큼 벅과 친해지는 것을 바라지 않게 되었다.

손턴을 향한 벅의 사랑은 점점 더 깊어 가는 것 같았다. 여름 여행에서 손턴만이 벅의 등에 짐을 실을 수 있었다. 벅은 손턴이 명령하는 일은 어떤 것이든 할 수 있었다. 어느 날 (그들은 뗏목에서 얻은 돈으로 일용품들을 구입하고 태너나강 상류를 향해 도슨을 출발했다.) 사내들과 개들은 절벽 꼭대기에 앉아 있었다. 그 절벽은 90미터 아래에 암반을 깔고 수직으로 높이 솟아 있었다. 존 손턴은 절벽 끝에 앉았고 벅도 그와 나란히 앉아 있었다. 갑자기 충동에 사로잡힌 손턴은 한스와 피트를 놀래 줄 묘안을 떠올렸다.

"뛰어내려, 벅!"

그는 절벽 아래를 향해 팔을 뻗쳐 심연 위로 흔들었다. 그 다음 순간 그는 절벽 아래로 떨어지기 직전인 벅을 아슬아슬하게 두 팔로 꽉 끌어안았고 한스와 피트는 둘을 안전한 곳으로 끌어 왔다.

"으스스하군."

모두 한숨을 돌린 뒤, 피트가 밀했다.

손턴은 고개를 흔들었다.

"아니야, 찬란한 거지. 또 무시무시하기도 하고. 그거 알아? 때로 난 두려워."

"벅이 가까이 있을 때는 네게 손도 댈 생각을 말아야겠어."

피트는 벅을 향해 고개를 끄덕이면서 단호하게 결론지었다.

"두말할 필요도 없지. 나도 절대 사절이야."

한스도 거들었다.

피트의 우려는 그해가 가기 전 서클시티에서 적중했다. '검둥이' 버튼이라는 성질이 악랄하고 고약한 사내가 술집에서 그 지역에 처음 온 사람에게 시비를 걸었고, 마침 손턴이 싸움을 조정해 보려고 그 사이에 끼어들었다. 벅은 늘 그랬듯이 한쪽 구석에 앉아 앞발에 머리를 올려놓고 주인의 일거수일투족을 지켜보고 있었다. 버튼이 경고도 없이 팔을 쭉 뻗어 한 대 쳤고 손턴은 그 자리에서 한 바퀴 빙그르 돌다가 바의 난간을 잡고 간신히 넘어지지 않았다.

그 자리에서 지켜보던 사람들은 벅이 멍멍 짖거나 캥캥 우는 것이 아니라 크게 포효하면서 비호처럼 공중으로 날아올라 버튼의 목을 향해 자신의 몸을 내리꽂는 것을 보았다. 사내는 본능적으로 팔을 저어 목숨을 구했지만 바닥에 벌렁 자빠졌고 그 위로 벅이 덮쳤다. 벅은 사내의 팔에서 이빨을 떼고 목을 향해 돌진했다. 그것을 제대로 막아 내지 못한 사내는 목이 찢겨 나갔다. 구경꾼들이 달려들어 벅을 사내에게서 떼어 놓았다. 의사가 달려와 사내의 흐르는 피를 막는 동안에도 벅은 위아래로 펄떡펄떡 뛰면서 사납게 으르렁거리며 틈틈이 달려들려 했고 사람들은 벅을 곤봉으로 위협해 떼어 놓았다. 그 자리에서 '광산업자 모임'이 소집됐고 벅이 달려들 만한 이유가 충분히 있다고 결론이 나서 그는 풀려났다. 그러나 그는 그날부터 유명인사가 됐고 알래스카의 모든 캠프에 이름이 알려졌다.

그해 가을 벅은 전혀 다른 방식으로 또다시 주인의 목숨을 구했다. 세 동료는 포티마일 계곡의 물살 빠른 협곡 아래로 길고 좁은, 장대 달린 보트를 육지에서 밧줄로 연결해 당겨 주고 있었다. 한스와 피트는 강둑을 따라 내려가면서 나무와 나무 사이에 연결된 가느다란 마닐라 밧줄로 보트를 당기는 일을 맡았고 손턴은 보트에 남아 장대로 보트를 떠내려 보내는 일을 맡아서 강둑을 향해 큰 소리로 방향을 알리고 있었다. 벅은 강둑에서 걱정하고 초조해하며 보트와 나란히 눈을 맞춘 채 주인에게서 시선을 떼지 않았다.

물에 겨우 잠긴 바위들이 강물 여기저기에 삐죽삐죽 솟아 있는 특별히 험한 지점에서 손턴이 장대를 이용해 위험한 바위들이 없는 쪽으로 보트를 끌어 가는 동안 한스는 넉넉히

푼 밧줄 끝을 잡고 보트를 당기면서 강둑을 따라 달려 내려 갔다. 간신히 보트가 바위틈을 벗어났을 때 물레방아만큼 물 살이 빠른 강물 속으로 보트가 휩쓸렸고 당황한 한스는 밧줄 을 갑자기 세게 당겼다. 그 순간 보트가 뒤집히면서 엎어진 채 강둑으로 끌려 나왔고 손턴은 순식간에 강물 속으로 빠져 물 살이 가장 센 곳으로 휩쓸려 들어갔다. 어느 누구도 헤엄쳐 살아 나올 가망이 없는 아주 험한 급류 지역이었다.

그때 벅이 물속으로 뛰어들었다. 벅은 300미터를 헤엄친 후 미친 듯이 소용돌이치는 물속에서 손턴을 따라잡았다. 주인 이 자신의 꼬리를 잡는 것을 느낀 순간 벅은 상상을 초월한 힘으로 둑을 향해 헤엄쳤다. 그러나 강둑을 향한 벅의 전진은 느렸고 흘러가는 물은 무섭게 빨랐다. 점점 더 험악해지는 강 물은 바위에 부딪쳐 거대한 빗살을 통과하듯이 갈라지고 부 서지면서 아래로부터 으르렁거리는 치명적인 소리를 냈다. 마 지막 급경사가 시작되는 지점에서 물이 빨아들이는 소리는 어 마어마했고 손턴은 도저히 강둑에 닿을 수 없다는 것을 깨달 았다. 그는 바위에 사정없이 긁혔고 그다음 바위에 부딪혀 멍 이 들었고 거센 물살을 뒤집어 썼다. 그는 미끄러운 바위 꼭대 기를 두 손으로 움켜쥐고 벅의 꼬리를 놓은 뒤 으르렁대며 흘 러가는 물 위로 소리쳤다.

"가, 벅! 가라고!"

벅은 몸을 가누지 못하고 물속으로 빠르게 휩쓸리며 필사 적으로 발버둥쳤으나 주인을 붙잡지는 못했다. 벅은 손턴이 반복해서 소리치는 것을 듣고 물 위로 몸을 들어 마지막으로 주인을 바라보려는 듯 고개를 높이 쳐들었다. 그리고 명령에 순종하듯이 강둑을 향해 몸을 돌렸다. 그는 맹렬히 헤엄을 쳤다. 벅이 더 이상 꼼짝도 할 수 없을 듯한 지경에 이르렀을 때 한스와 피트가 그를 둑으로 끌어올렸다.

그들은 이런 급류에서 사람이 미끄러운 바위에 매달려 버틸 수 있는 시간이 단 몇 분에 불과하다는 것을 알았다. 그들은 손턴이 버티는 곳에서 훨씬 위쪽 강둑으로 가능한 빨리 달려갔다. 그러고는 그때까지 보트를 당겼던 밧줄을 벅의 목과 어깨에 연결했다. 목을 너무 세게 조이거나 수영하기에 방해가 되지 않도록 조심하면서 줄을 맨 후 벅을 물속으로 띄웠다. 벅은 힘차게 헤엄쳤으나 주인이 있는 방향으로 곧장 가지 못했다. 벅은 주인과 나란히 떠내려갔고 불과 몇 번만 헤엄치면 되는 지점에서 주인을 무력하게 지나쳐 버렸다. 잘못 간 것을 알았을 때는 이미 늦어 있었다.

한스는 벅이 보트라도 되는 듯 즉시 밧줄을 당겼다. 밧줄은 급류 속에서 벅의 목을 조이며 물속으로 쑥 들어갔고 벅이 다시 강둑에 몸을 부딪히면서 끌어올려지기까지 물속에 잠겨 있었다. 벅은 거의 익사하기 직전이었다. 한스와 피트는 벅의 몸 위에 올라가 숨을 불어넣으며 그가 물을 토해 내도록 했다. 벅은 비틀거리며 일어서다가 다시 넘어졌다. 멀리서 손턴의 외침이 희미하게 들려왔고 무슨 말인지는 몰라도 굉장히 급한 상태인 것만은 분명했다. 주인의 다급한 목소리에 전기 충격을 받은 것처럼 벅이 움찔했다. 그는 튕기듯 벌떡 일어나 사람들을 제치고 강둑을 향해 달려 먼저 출발했던 지점으로 갔다.

벅은 다시 밧줄을 매고 물속으로 들어갔다. 그리고 힘차게 헤엄을 쳤다. 이번에는 곧장 주인을 향해 갈 수 있었다. 실수는 한 번으로 족했고 두 번의 실수는 있을 수 없었다. 한스는 밧줄이 늘어지지 않게 조심했고 피트는 밧줄이 꼬이지 않게 조심했다. 벅은 곧바로 손턴의 위쪽으로 갔다가 방향을 돌려 급행열차 같은 속력으로 주인을 향해 헤엄쳐 갔다. 손턴은 벅이 자신을 향해 오는 것을 보았고 벅이 물살의 강한 위력에 밀려 무거운 망치처럼 세게 부딪혀 왔을 때 두 팔을 크게 벌려 털이 길게 난 벅의 목을 힘껏 끌어안았다. 한스는 밧줄을 당겼고 벅과 손턴은 물속으로 쑥 들어갔다. 줄에 매달려 숨이 막히고 한쪽이 위로 올라왔다가 다른 쪽이 위로 올라왔다가 하면서, 울퉁불퉁한 바닥에 질질 끌리고 바위와 나무 그루터기에 세게 부딪히면서 둘은 둑까지 끌려왔다.

한스와 피트는 떠다니는 통나무에 손턴을 엎드리게 하고 앞뒤로 강하게 흔들어 정신을 차리게 만들었다. 손턴은 눈을 뜨자마자 벅을 찾았다. 축 늘어져 죽은 듯이 꼼짝하지 않는 벅을 보고 니그는 크게 울부짖었고 스키트는 벅의 젖은 얼굴과 감은 두 눈을 혀로 핥아 주었다. 손턴은 자신도 멍들고 상처를 입었으면서도 가까이 옮겨진 벅의 몸을 조심스럽게 살펴보고 늑골 세 개가 부러진 것을 찾아냈다.

"이것으로 결정됐어. 우린 바로 여기에 캠프를 치는 거야."

손턴이 선언했다.

결국 벅이 상처를 모두 치료받고 다시 여행을 할 수 있을 때까지 그들은 그곳에 캠프를 쳤다.

　그해 겨울, 도슨에서 벅은 또 다른 공적을 세웠다. 그리 영웅적인 것은 아니었을지 모르지만 알래스카의 명예를 상징하는 토템 기둥 위 많은 공적들 가운데 가장 높은 곳에 새겨진 일이었다. 그것은 특히 세 사내에게 고마운 일이었다. 그들은 장비를 구입하기 위해 돈이 필요했는데 벅의 공적으로 돈을 얻었고 드디어 오랫동안 원했던 동쪽 처녀지로 떠날 수 있게 되었다. 아직까지 금광 광부들이 한 번도 가 본 적 없는 곳이었다. 그 일은 엘도라도의 한 술집에서 몇몇이 서로 자기 개가 더 낫다고 자랑하다가 일어났다. 자연히 실적이 우수했던 벅이 그들의 표적이 되었고 손턴은 어쩔 수 없이 벅을 강하게 옹호할 수밖에 없었다. 삼십 분쯤 지났을까, 한 사람이 자기 개는 짐을 200킬로그램 실은 썰매를 끌고 걸을 수 있다고 자랑했다. 그러자 두 번째 사내가 자기 개는 250킬로그램을 끌 수 있다고 자랑했고 세 번째 사내는 300킬로그램이라고 뽐냈다. 존 손턴이 말했다.

　"제기랄, 겨우 그거야! 벅은 500킬로그램을 끌 수 있다고."

　"그걸 끌 수 있단 말이지? 정말 그걸 끌고 100미터를 걸을 수 있단 말이지?"

　금광 벼락부자 매튜슨이 따졌다. 그는 300킬로그램을 주장한 사내였다.

　"당연히 그걸 끌고 100미터를 걸을 수 있고말고."

　손턴은 태연히 대꾸했다.

　"그래?"

매튜슨은 주위 사람들이 들을 수 있게 천천히 또박또박 말했다.

"난 천 달러를 걸겠어, 벅이 그걸 해내지 못한다는 데 말이야. 자, 여기 있어."

그는 볼로냐소시지 크기만 한 사금 자루를 카운터 위에 털썩 올려놓았다.

찬물을 끼얹은 듯이 일시에 주위가 조용해졌다. 손턴은 그 허세에 대해 (만일 그것이 허세였다면) 도전을 받고 있었다. 그는 일순간 뜨거운 피가 얼굴로 확 올라오는 것 같았다. 우쭐해서 말을 잘못했던 것이다. 벅이 500킬로그램을 움직일 수 있는지 그는 알지 못했다. 0.5톤이 아닌가! 엄청난 무게에 그는 기가 죽었다. 벅이 힘세다는 것을 의심해 본 적은 없었지만 손턴은 지금까지 그 사실을 증명해야 할 처지에 놓인 적이 없었다. 주위 사람들 열두 명이 조용히 그를 응시하면서 대답을 기다리고 있었다. 게다가 그에게는 천 달러라는 거액이 없었다. 한스도 피트도 마찬가지였다.

"지금 밖에 25킬로그램짜리 밀가루 포대 스무 개를 실은 썰매가 있어. 그러니 썰매 문제는 걱정 말라고."

매튜슨은 거칠게 단도직입적으로 말했다.

손턴은 대답하지 않았다. 그는 무슨 말을 해야 할지 몰랐다. 그는 생각할 능력을 잃어버렸고 어딘가에서 실마리를 다시 찾으려는 듯 멍한 시선으로 사람들의 얼굴을 훑어보았다. 옛 동료였고 마스토돈 금광 왕인 짐 오브라이언의 얼굴이 그의 시선 속으로 들어왔다. 이것은 그가 꿈도 꿔 보지 않은 일을 하도록 실마리를 주었다.

"내게 천 달러 빌려 줄 수 있어?"

손턴은 거의 속삭이듯이 물었다.

"물론이지."

오브라이언은 불룩한 사금 자루를 매튜슨의 자루 옆에 털썩 올려놓았다.

"하지만 난 말이야, 저 개가 그런 일을 해낼 수 있다고는 믿지 않아."

엘도라도에 사는 모든 사람이 이 시합을 구경하려고 거리로 쏟아져 나왔다. 테이블이 텅텅 비었고 딜러와 도박꾼 들은 내기 결과를 보려고, 또 상대방보다 더 우세한 비율로 이기려고 나왔다. 몇백 명이 털옷과 장갑으로 무장하고 적당한 거리를 둔 채 썰매를 둘러쌌다. 밀가루 500킬로그램을 실은 매튜슨의 썰매는 두 시간가량 대기한 상태였다. 지독한 추위(영하 60도였다.)에 썰매 날은 단단히 다져진 눈에 딱 달라붙어 있었다. 내기에서 벅이 썰매를 움직이지 못한다는 쪽으로 사람들이 두 배나 몰렸다. "썰매를 움직인다."라는 말에 대해 해석이 분분했다. 오브라이언은 썰매 날을 떼어 내는 것은 손턴의 특권이고 벅은 다만 멈춰 있는 썰매를 "움직인다."라고 해석했고, 매튜슨은 얼어붙은 썰매 날을 떼어 내는 것까지 그 말에 포함해야 한다고 고집했다. 그 광경을 지켜보던 사람들 대부분은 매튜슨의 편을 들었고 내기가 벅에게 불리한 쪽으로 기울자 반대편이 세 배가 되었다. 아무도 벅에게 돈을 걸려고 하지 않았다. 아무도 벅이 그런 일을 해낼 것이라고 믿지 않았기 때문이다. 손턴은 의심하면서도 내기에 말려들고 말았다. 지금 썰매를 눈앞에서 구체적으로 보고, 그 앞에 웅크리고 있는 개 열 마리를 보고 있노라니 도저히 불가능한 일에 말려들었다는 느낌이 들었다. 매튜슨은 환성을 지르며 들떠 있었다.

"삼 대 일이야!"

매튜슨이 선언했다.

"난 말이야, 당신에게 이 비율로 천 달러를 더 걸고 싶어. 어때, 손턴?"

손턴은 의심의 빛을 얼굴에 강하게 띠었으나 곧이어 불굴의 투지가 불끈 솟구쳤다. 불리한 상황 앞에서도 기죽지 않는 불굴의 투지는 어떤 실패도 용납하지 않았고 싸움에 대한 요구 외에는 아무것도 귀 기울이지 않았다. 그는 한스와 피트를 가까이 불렀다. 그들의 주머니는 얄팍했다. 손턴의 것까지 다 긁어 봐야 세 사람이 모두 합쳐 이백 달러였다. 재물 운이 따르지 않을 때라 그것이 그들의 전 재산이었다. 그러나 그들은 매튜슨의 육백 달러를 상대로 그 돈을 주저 없이 걸었다.

개 열 마리가 가죽 끈을 벗었고 대신 그 자리에 벅이 들어선 다음 끈으로 썰매와 연결되었다. 주변 사람들의 흥분이 벅에게도 전달되었고 그는 어떻게 해서든 주인을 위해 큰일을 해야만 한다고 느꼈다. 벅의 멋진 몸을 보자 감탄하며 웅성거리는 소리가 커졌다. 1그램도 덧붙은 살이 없는 그의 몸은 완벽했고 70킬로그램의 몸무게는 투지와 힘으로 뭉쳐 있었다. 온몸의 털이 비단처럼 반들거렸다. 목 아래부터 두 어깨까지 덮인 긴 털은 그대로 있는데도 반쯤 일어선 것처럼 보였고 움직일 때마다 곤두서는 것 같아 보였다. 넘치는 힘이 털 하나하나에 생기를 불어넣어 움직이는 것 같았다. 넓은 가슴과 묵직한 앞발은 가죽 밑에서 근육이 단단하게 뭉쳐져 있는 몸의 다른 부분들과 알맞게 조화를 이루었다. 사람들이 벅의 근육을 만져 보고 단단한 쇳덩어리 같다고 말하자 내기 비율은 이 대 일로 내려갔다.

"하느님 맙소사!"

최근에 벼락부자가 된 금광 왕 스쿠컴 벤치 가문의 한 사내가 더듬거리며 말했다.

"당, 당신에게 파, 팔백 달러를 주고 저 개를 사고 싶어. 지금 저대로, 시합에 들어가기 전에."

손턴이 머리를 흔들고 벅의 곁으로 다가가자 매튜슨이 반대했다.

"개에게 가까이 가는 건 벌칙이야. 제 의사대로 하게 하라고, 공간을 넉넉히 주란 말이야."

군중은 조용해졌다. 이 대 일이라고 떠드는 도박꾼들의 공허한 소리만 들렸다. 모든 사람이 벅을 굉장한 개라고 인정했지만 25킬로그램짜리 밀가루 포대 스무 개라는 것이 실제로 보니 대단한 무게여서 쉽사리 지갑을 열기는 어려웠다.

손턴은 벅의 곁에 무릎을 꿇었다. 그는 두 손으로 벅의 머리를 잡고 벅의 뺨에 자신의 뺨을 갖다 댔다. 그는 여느 때처럼 벅을 장난스럽게 흔들거나 또는 사랑의 욕을 부드럽게 소곤대지 않았다. 대신 벅의 귀에 대고 낮게 말했다.

"벅, 네가 나를 사랑하는 만큼, 네가 나를 사랑하는 만큼만."

손턴은 이렇게 속삭였다. 벅은 열기를 누르면서 낑낑거렸다.

군중은 호기심에 차서 지켜보았다. 일은 점점 더 신비해져 갔다. 신비한 마술이 작용하는 것처럼 보였다. 손턴이 일어서자 벅은 그의 장갑 낀 손을 입에 물고 이빨로 지그시 깨물었다가 마지못해 천천히 놓아줬다. 그것은 말이 아니라 사랑으로 하는 대답이었다. 손턴은 뒤로 넉넉히 물러났다.

"자, 지금이야, 벅."

손턴이 외쳤다.

벅은 끈을 팽팽하게 당겼다가 몇 센티미터가량 느슨하게 풀었다. 그것이 그가 배운 방식이었다.

"오른쪽으로!"

손턴의 목소리가 긴장된 고요 속에서 날카롭게 울려 퍼졌다.

벅은 오른쪽으로 몸을 흔들면서 70킬로그램의 몸무게로 느슨한 끈을 당기다가 갑자기 낚아채는 식으로 동작을 멈췄다. 짐이 꿈틀했고 날 아래에서 얼음이 갈라지는 소리가 들렸다.

"왼쪽으로!"

손턴이 명령했다.

벅은 이번에는 왼쪽으로 똑같이 움직였다. 얼음이 갈라지는 소리가 깨지는 소리로 바뀌면서 썰매가 중심축에서 빙그르 돌았고 왼쪽으로 몇 센티미터 삐꺽거리면서 미끄러졌다. 썰매가 얼음판에서 떨어져 나왔다. 사람들은 자신도 모르는 사이에 숨을 죽이고 그 광경을 지켜보았다.

"자, 이제 끌어!"

권총이 발사되듯이 손턴의 명령이 날카롭게 울렸다. 벅은 진동하듯이 앞으로 몸을 힘껏 당겨 끈을 팽팽하게 유지하면서 나아갔다. 그의 몸 전체가 혼신의 힘을 쏟으면서 한 덩어리로 단단히 뭉친 가운데, 윤기 나는 털 아래 근육들이 살아 있는 물체들처럼 불끈불끈 솟구치고 꿈틀거렸다. 커다란 가슴이 땅에 거의 닿은 채 벽은 머리를 앞으로 숙이고 다리를 미친 듯이 움직여 단단히 다져진 눈 위에 나란히 발톱 자국을 냈다. 썰매가 흔들리고 덜커덩거리면서 앞으로 조금 나아갔다. 벽의 한쪽 다리가 미끄러지자 누군가의 신음 소리가 크게 들렸다. 썰매는 휘청거리면서 빠르게 앞으로 나아가기 시작했다. 다시는 멈춰 버릴 것 같지 않은 기세로 1센티미터, 2센티미터 그리고 4센티미터……. 차츰 흔들림이 줄어들었다. 벽은 그 기세를 잘 포착했고 썰매는 탄력이 붙어 앞으로 고르게 나아가기 시작했다.

사람들은 막혔던 숨을 다시 쉬었다. 그들은 자신들이 그동안 숨을 멈췄다는 사실을 몰랐다. 손턴은 용기를 북돋우는 짧은 말을 벽에게 던지면서 썰매 뒤를 따라갔다. 거리가 측정됐고 벽이 100미터를 표시한 장작더미 가까이에 이르자 환호성이 점점 커지기 시작했다. 썰매가 마침내 장작더미를 지나 명령 소리에 멈춰 서자 환호성은 함성으로 변했다. 모든 사람이, 매튜슨까지도 덩실덩실 춤을 췄다. 모자와 장갑 들이 공중으로 솟구쳤다. 사람들은 누구든 상관없이 서로 악수를 했고, 무슨 말인지 알아들을 수 없는 말들을 주고받으며 흥분에 들떴다.

손턴은 벽의 곁에 무릎을 꿇었다. 그리고 자신과 벽의 머리를 맞대고 벽의 몸을 앞뒤로 흔들었다. 서둘렀던 사람들은 손턴이 벅에게 정감 어린 사랑의 욕설을 하는 걸 들었을 것이다.
그는 아주 오랫동안 격렬하고 부드럽게 애무하듯이 욕설을
했다.

"하느님, 마, 맙소사! 하느님, 마, 맙소사!"

금광 왕 스쿠컴 벤치가 더듬거렸다.

"그, 그놈에게 처, 천 달러를 주겠어, 응? 아니, 천이백 달러."

손턴은 일어섰다. 그의 눈은 젖어 있었다. 눈물이 그의 뺨
을 타고 흘렀다.

"이것 봐."

그는 벼락부자 스쿠컴 벤치에게 말했다.

"절대 안 팔아. 그러니 썩 꺼져 버려. 이게 내가 할 수 있는
최선이야, 알겠어?"

벅은 이빨 사이에 손턴의 손을 넣고 지그시 깨물었고 손턴
은 벅을 앞뒤로 흔들었다. 둘의 사랑에 감동받은 듯 주위 사
람들은 존경을 표시하며 뒤로 물러났고 다시는 둘을 방해하
지 않으려고 조심했다.

7
부름의 소리

벅이 오 분 만에 천육백 달러를 손턴에게 벌어 주자 손턴은 그동안 진 빚을 다 갚고 동료들과 함께 늘 가고 싶었던 동부로 갈 수 있게 되었다. 전설적인 잃어버린 광산이 있는 그곳은 그 지역만큼 오래된 역사를 간직한 곳이었다. 많은 사람들이 그곳을 찾아 떠났으나 발견한 사람은 거의 없었고 갔다가 돌아오지 못한 사람도 꽤 있었다. 그 잃어버린 광산은 비극으로 물들고 신비로움에 싸여 있었다. 최초의 개척자에 대해 아무도 알지 못했다. 가장 오래된 전설은 채 알려지기도 전에 끊어지고 말았다. 거기에는 옛날부터 다 쓰러져 가는 오두막이 한 채 있다고 한다. 죽어 가는 사람들의 증언에 의하면 그런 오두막이 실제로 있고 그것이 잃어버린 광산으로 가는 길의 표지이며 그곳에서 발견되는 금은 지금까지 북부에서 발견된 어떤 금보다 질이 우수하다는 것이었다.

그러나 그 오두막을 손에 넣은 사람은 아무도 없었고 이미 죽은 사람은 말이 없었다. 손턴과 피트와 한스, 벅과 여섯 마리의 개들은 지금까지 인간과 개 들이 개척하는 데 실패한 미지의 길을 따라 동부로 향했다. 그들은 유콘강을 따라 위로 100킬로미터를 달리다가 왼쪽으로 돌아 스튜어트 강으로 들어섰다. 그러고는 마요와 매케스톤을 지나 스튜어트 강이 개울이 된 곳까지 가서 대륙의 등뼈에 해당하는 높은 봉우리들 사이를 누비고 지나갔다.

손턴은 인간과 자연에 요구하는 것이 별로 없었다. 그는 황야를 두려워하지 않았다. 그는 한 주먹의 소금과 권총만 있으면 황야에 뛰어들었고 즐거운 곳이라면 어디든지, 즐거운 시간이라면 언제까지나 여행했다. 서둘지 않고 인디언처럼 그날 여행하면서 사냥한 것으로 저녁을 즐겼다. 만일 아무것도 잡지 못하면 조만간 사냥감을 만날 거라고 굳게 믿으면서 여행을 계속했다. 그랬기에 동부로 향하는 여행에서 필요한 것은 직접 잡은 고기뿐이었고 썰매의 짐은 탄약과 도구 들뿐이었고 일정표는 끝없는 미래 위에 그려졌다.

벅에게도 사냥하고 물고기를 잡으며 끝없이 낯선 고장을 헤매는 것만큼 큰 기쁨은 없었다. 몇 주일은 날마다 계속 여행했다가 또 몇 주일은 이곳저곳에서 야영하면서 개들은 뛰어놀고 사람들은 얼어붙은 부식토와 자갈 사이 구멍에 불을 지펴 그 열기를 이용해 선광(選鑛) 접시로 물속에서 사금을 골라냈다. 어떤 때는 배를 쫄쫄 굶고 어떤 때는 환호성을 지르며 포식을 했는데 순전히 사냥감이 많은가, 또 사냥 운이 좋은 가에 따른 결과였다. 여름이 오자 그들은 짐을 꾸려서 뗏목을 타고 산을 끼고 있는 푸른 호수들을 건넌 후, 곁에 있는 숲에서 잘라 낸 나무를 깎아 긴 보트를 만들었다. 그들은 그 보트를 타고 이름 모를 강들을 따라 내려가기도 하고 올라가기도 했다.

몇 달 동안 그들은 구획도 없는 광활한 지역을 꾸불꾸불 뒤로 갔다가 앞으로 갔다가 하면서 아무도 없는 곳, 만일 잃어버린 오두막이 사실이라면 사람들이 갔을 땅을 헤맸다. 그들은 여름날 때 아닌 눈보라 속에서 분수령을 넘었고 수목한계선과 만년설 사이의 헐벗은 산에서 백야를 경험하며 추위에 떨다가 모기와 파리 떼가 앵앵거리는 여름 계곡으로 내려갔다. 그리고 빙하의 그늘 속에서 남부에서나 자랑하는 푹 익은 딸기와 고운 꽃을 땄다. 그해 가을에 그들은 음산한 호수 지역으로 뚫고 들어갔다. 그 지역은 슬프고 고요했다. 옛날엔 야생 조류들이 있었지만 지금은 어떤 생명도, 뭔가가 살아 있다는 흔적도 없는 곳이었다. 그저 싸늘한 바람만 불었고 쉴 만한 거처에는 물이 얼어 있었고 외로운 해변에는 우울한 잔물결이 일었다.

그다음 해 겨울에 그들은 지금은 흔적조차 지워졌지만 전에는 사람들이 지나다녔던 길들을 찾아 헤맸다. 한번은 숲 속에 표지로 나무껍질을 벗겨 놓은 것을 발견하고 길을 찾았다고 생각했다. 잃어버린 오두막이 아주 가까워진 것 같았다. 그러나 길이 어디에서 시작하고 어디에서 끝나는지 알 수 없었고, 누가, 왜 그 길을 만들었는지도 모호한 신비에 싸여 있었다. 또 한번은 세월의 때가 묻은 다 부서져 가는 사냥꾼의 오두막을 발견했는데 손턴이 먼지가 수북한 낡은 담요 밑에서 부싯돌로 불붙이는 화승총을 찾았다. 개척 초기 북서부의 허드슨베이 회사에서 만든 총이었는데 인기가 한창 좋았을 때는 수달 가죽을 판판하게 펴서 총의 키만큼 쌓아야 맞바꿀 수 있는 것이었다. 그리고 그게 전부였다. 그 옛날, 오두막을 짓고 모피 사이에 총을 둔 사내에 관해서 아무런 단서도 찾을 수 없었다.

다시 봄이 왔다. 그들은 방황 끝에 잊힌 오두막이 아니라 넓은 계곡에서 얕은 사금 개울을 발견했다. 선광 접시를 물속에서 흔들면 바닥에 노란 버터처럼 금이 고였다. 그들은 그곳에 짐을 풀었다. 그들은 매일같이 일하면서 깨끗한 사금과 금덩이로 몇천 달러를 벌었다. 금은 25킬로그램짜리 사슴 가죽 자루에 담겨 가문비나무로 만든 오두막 옆에 장작 쌓이듯이 쌓였다. 그들은 거인들처럼 일했고 보물이 쌓여 가면서 하루하루가 꿈처럼 빠르게 지나갔다.

손턴이 잡은 사냥감을 실어 나르는 일 외에 개들이 할 일이 없었기에 벅은 불 옆에서 긴 시간을 생각에 잠겨 보냈다. 특별히 할 일이 거의 없어서 다리가 짧고 털이 많은 남자의 모습이 그를 더 자주 사로잡았다. 벅은 불 옆에서 눈을 깜박거리며 자신이 기억하는 다른 세상에서 그와 함께 이곳저곳을 헤맸다.

그 세상에서 가장 두드러진 감정은 공포였다. 머리를 무릎 사이에 묻고 두 손을 위로 들어 올려 마주 잡은 채 불 가에서 잠든 털 난 사내를 벅은 지켜보았다. 사내는 불안하게 잠이 들었다가 여러 번 깜짝깜짝 놀라 벌떡 일어났고 두려워하며 어둠 속을 응시하다가 불 위에 장작개비를 던져 넣었다. 둘은 해변을 같이 걸었는데 털 난 사내는 연방 조개를 주워 가며 먹었다. 어딘가에 도사리고 있는 위험을 찾아낼 듯이 두 눈을 두리번거렸고, 다리는 위험이 닥치면 바람같이 달아날 태세였다. 벅은 사내의 뒤를 졸졸 따라다니며 숲 속을 소리 없이 걸었다. 둘은 똑같이 사방을 기민하게 경계하면서 귀를 쫑긋하며 계속 움직였고 코를 벌렁거렸다. 사내도 벅만큼이나 예민하게 듣고 냄새를 맡았다. 털 난 사내는 나무 위로 뛰어올라 땅에서만큼 빠르게 움직였다. 두 팔로 나뭇가지에서 나뭇가지 사이로 그네 타듯 옮겨 다녔는데 두 팔로 나뭇가지를 잡았다가 놓았다가 했고 어떤 때는 3미터나 되는 거리를 한 번도 떨어지거나 나뭇가지를 놓치는 법 없이 옮겨 다녔다. 그에게는 나뭇가지 사이도 땅 위의 집처럼 편안해 보였다. 사내는 나무 위에 잠자리를 만들었는데 벅에게는 사내가 꼭 잡고 잠든 나무 아래에서 밤을 새운 기억들이 있었다.

털 난 사내에 관한 기억과 아주 비슷한 것이 숲 속 깊은 곳에서 여전히 들리는 부름이었다. 그 소리를 들은 벅은 커다란 불안과 이상한 욕망으로 가득 찼다. 그 소리는 벅에게 뭐라고 표현하기 힘든 달콤함과 기쁨을 줬다. 정확히 알 수 없었지만 그 소리를 듣고 있으면 야생에 대한 동경과 충동을 느꼈다. 때로 그는 그 소리를 찾아 숲 속으로 들어가기도 했다. 마치 잡을 수 있는 물건이라도 되는 듯 벽은 기분이 내키면 부드럽게 저항하듯이 짖으면서 그 소리를 찾아 헤맸다. 벽은 서늘한 나무 이끼 속이나 긴 풀이 자라는 검은 흙 속에 코를 처박아 보기도 하고 진한 흙냄새에 기뻐하며 흥흥거리기도 했다. 어떤 때는 곰팡이가 잔뜩 핀 나뭇등걸 뒤에 몇 시간씩 숨죽인 채 웅크리고 앉아 눈과 귀를 활짝 열고 주변에서 움직이고 소리 나는 모든 것을 지켜보았다. 그는 그렇게 숨어 있다가 알 수 없는 그 부름을 잔뜩 놀래 주고 싶기도 했다. 그러나 그는 자신이 왜 그런 짓들을 하는지 알지 못했다. 그저 그렇게 할 수밖에 없었고 어떤 설명도 할 수 없었다.

저항할 수 없는 충동이 벽을 사로잡았다. 그는 캠프 안에 누워 한낮의 열기 속에서 나른하게 졸다가도 갑자기 머리를 번쩍 들고 귀를 쫑긋 세우고 뭔가를 주의 깊게 듣다가 벌떡 일어나 밖으로 달려 나갔다. 그러고는 몇 시간씩 숲 속 오솔길이나 검은 잡초들이 덤불을 이룬 공터를 달렸다. 그는 물기 없는 수로를 따라 내려가는 게 좋았고 기어가서 새들이 나무 속에서 어떻게 사는지 몰래 훔쳐보는 것을 즐겼다. 어떤 때는 하루 종일 덤불에 누워 새들이 날개를 파득거리고 꼬리를 활짝 펴는 것을 지켜보았다. 그러나 여름철 한밤중에 황혼이 저물어 갈 때 숲이 나지막하게 속삭이고 웅얼거리는 걸 들으며 달리는 것을 벽은 특별히 좋아했다. 그럴 때면 벽은 인간들이 책을 읽듯이 기호와 소리 들을 읽었고, 깨어 있을 때나 잠들었을 때 들어오라고 그를 부르는 신비한 그 무엇의 의미를 찾으려 했다.

어느 날 밤, 벽이 잠에서 깨어나 벌떡 일어났다. 눈은 놀라움과 열망으로 타올랐고 코는 냄새를 맡으려고 벌렁거렸고 갈기는 물결치면서 일어섰다 누웠다 했다. 숲에서 부름이 들렸다.(아니, 그저 한 토막 소리, 부름은 여러 갈래의 복합적 소리였기에 그건 그저 한 토막 소리였다.) 길게 끄는 울음소리는 전과 달리 분명하고 명징했는데 에스키모개의 울음과 비슷하면서도 달랐다. 그에게는 어딘지 친숙한, 전에 들었던 소리였다. 그는 캠프를 뛰쳐나와 고요한 숲 속을 빠르게 달렸다. 울음소리가 가까이 들려 걸음을 늦추고 살금살금 다가가자 나무들 사이로 공터가 나왔다. 몰래 들여다보니 거기에서 길고 마른 회색 늑대 한 마리가 엉덩이를 땅에 대고 코를 하늘로 쳐들고 있었다.

벽은 아무 소리도 내지 않았는데 늑대는 어떤 낌새를 알아챈 듯 울음을 멈추고 바싹 긴장했다. 벽은 반쯤 웅크려 몸집을 줄이고 꼬리를 빳빳이 세우고 한 발 한 발 어느 때보다 더 조심스럽게 공터로 기어 나갔다. 그는 동작 하나하나에 위협을 담으면서 동시에 친근감을 과시하려고 애썼다. 그것은 서로가 먹잇감인 야생 짐승들끼리 만났을 때 표시하는 위협적인 협정 같은 것이었다. 그러나 늑대는 벽을 보자마자 달아났다. 벽은 날쌔게 펄쩍 뛰어 꼭 잡고 말겠다는 듯이 늑대를 뒤쫓았다. 그는 나무가 여기저기 흩어져 길을 딱 가로막은 개울 바닥으로 늑대를 몰고 갔다. 그곳은 막다른 길이었다. 그러자 늑대는 조나 에스키모개들이 막다른 골목에 몰렸을 때 흔히 그러듯이 뒷발을 축으로 홱 돌더니 이빨을 빠르게 딱딱 부딪치고 으르렁대며 털을 곤두세웠다.

벅은 늑대를 공격하지 않고 친근한 태도로 주변을 빙빙 돌며 포위했다. 그러나 늑대는 의심과 두려움에 가득 차 있었다. 벅의 몸무게가 자신의 세 배나 됐고 머리는 기껏해야 벅의 어깨에 닿았기 때문이다. 늑대는 여기저기 살피는 척하더니 어느 틈에 도망쳤고 다시 거친 추격이 시작되었다. 늑대가 궁지에 몰리고 벅이 그를 잡을 듯하면서도 놓치며 추격은 반복되었나. 막다른 길로 몰릴 때미디 늑대는 몸을 홱 돌려서 으르렁대다가 다시 틈이 나면 약삭빠르게 도망쳤다. 벅은 머리와 등이 나란히 될 정도로 힘껏 달렸고, 늑대 역시 빠르게 도망치다가 막다른 길에 몰리면 몸을 홱 돌린 다음 틈만 보이면 도망쳤다.

마침내 벅의 끈기가 보답을 받았다. 벅이 자신을 해치려 하지 않는다는 것을 알아챈 늑대가 그에게 다가와 코를 흥흥거렸다. 그러고 나서 그들은 친해졌고, 사나운 짐승들이 자신들의 사나움을 감추는 식으로 불안해하면서도 수줍게 어울렸다. 늑대는 잠시 벅과 어울리다가 어딘지 갈 곳이 있다는 것을 나타내며 편하게 껑충껑충 달리기 시작했다. 그는 벅에게 함께 가자는 뜻을 분명히 했고 둘은 어둑한 황혼을 뚫고 나란히 개울 쪽으로 곧장 올라갔다. 그들은 개울물이 흘러나오는 협곡을 향해 달렸고 드디어 그 물이 솟구쳐 나오는 황량한 분수령을 가로질렀다.

그들은 협곡 반대쪽 비탈에서 평평한 지역으로 내려갔다. 그곳에는 광활한 숲과 많은 개울들이 있었다. 둘은 숲을 가로질러 몇 시간을 달렸고 그사이 해가 높이 뜨고 날이 따스해졌다. 벅은 거친 행복에 휩싸였다. 그는 마침내 자신이 숲의 형제와 나란히 부름이 들려오는 곳을 향해 달려가고 있으며 부름에 응하고 있음을 느꼈다. 태곳적 기억들이 빠르게 몰려왔고 전에 그것의 그림자에 반응했듯이 현실에서도 반응했다. 그는 희미하게 기억하는 다른 세상에서 이렇게 한 적이 있었다. 그리고 지금 바로 같은 반응을 하고 있었다. 광활한 하늘을 머리에 이고, 한 번도 밟지 않은 흙 위로 자유롭게 광야를 달리고 있었다.

둘은 흐르는 개울에 목을 축이고 잠시 멈췄다. 바로 그때 벅의 가슴속으로 존 손턴이 파고들었다. 그는 그 자리에 맥없이 주저앉았다. 늑대는 확실히 부름이 오는 곳을 향해 출발했다가 다시 돌아와 코를 흥흥거리며 어서 가자고 벅의 기운을 북돋웠다. 그러나 벅은 몸을 돌려 천천히 돌아가는 길로 향했다. 야생의 형제는 벅의 옆에 붙어 거의 한 시간 동안 킹킹대며 따라왔다. 그러고는 주저앉아 코를 허공에 대고 길게 울었다. 슬픈 울음이었다. 그래도 벅은 계속 걸었고 울음소리는 차츰 희미해져 결국 아예 들리지 않았다.

벅이 캠프로 돌아왔을 때 존 손턴은 저녁을 먹고 있었다. 벅은 끓어오르는 애정으로 그에게 뛰어올라 그를 넘어뜨리고 기어올라서 그의 얼굴을 핥고 손을 깨물었다. 존 손턴이 '어릿광대 놀이'라고 이름 붙인 놀이였는데 손턴은 벅을 잡고 앞뒤로 흔들면서 사랑의 욕설을 퍼부었다.

이틀 밤낮을 벅은 결코 캠프를 떠나지 않았고 손턴의 곁에서 한 번도 벗어나지 않았다. 그는 주인이 일할 때도 따라갔고 식사할 때도 지켜봤고 밤에는 잠자리에 드는 것을, 아침에는 잠자리에서 나오는 것을 바라봤다. 그러나 이틀 후에 숲으로 부터 부름의 소리가 전보다 더 절실하게 들려왔다. 벅은 다시 마음이 심란해졌다. 황야에서 만난 형제, 분수령 너머의 따사로운 대지, 드넓은 숲을 나란히 달리던 기억들이 그를 떠나지 않고 줄곧 사로잡았다. 그는 다시 한 번 숲 속으로 들어가 헤맸으나 더 이상 황야의 형제를 찾을 수 없었다. 긴 밤을 새우며 귀를 기울여도 슬프고 긴 울음소리는 들리지 않았다.

벅은 며칠씩 캠프를 벗어나 밖에 머물면서 잠을 잤다. 한번은 물줄기를 거슬러 올라가 분수령을 지나 목재와 개울 들이 흩어져 있는 넓은 땅에 들어섰다. 그는 그곳에서 일주일 동안 야생의 형제가 남긴 흔적을 찾아 헛되이 헤맸다. 동물을 잡아 끼니를 때웠고 결코 지칠 것 같지 않은 가벼운 걸음으로 오랫동안 돌아다녔다. 그는 바다로 합류하는 넓은 개울 속에서 연어를 잡았고 그 개울 옆에서는 커다란 검은 곰을 죽였다. 그 곰은 물고기를 잡다가 모기에 물려 눈이 안 보이게 되자 분노에 차 숲 속을 마구 돌아다니며 끔찍하게 변해 있었다. 그렇다 해도 그것은 힘든 싸움이었고 벅의 내부에 잠재해 있던 마지막 잔인성을 일깨웠다. 이틀이 지난 후 다시 현장에 와 본 그는 곰의 잔해에 오소리 열두 마리 정도가 달려들어 다투는 것을 봤다. 그는 오소리들을 껍질처럼 훅 날려 버렸다. 마지막까지 버틴 오소리 두 마리는 곰의 잔해를 사이좋게 뜯어먹을 수 있었다.

벅의 내부에서 피에 대한 갈망이 그 어느 때보다 강렬해졌다. 그는 누구의 도움도 받지 않고 오로지 자신의 힘과 수완으로 살아 있는 동물들을 잡아먹고 사는 맹수였다. 오직 강한 자만이 살아남는 적의에 찬 세상에서 용감하게 살아남는 살인자였다. 이 모든 것 덕분에 그는 자신감이 넘쳤으며 그것이 몸에도 그대로 나타났다. 자신감은 움직임 하나하나에서 풍겼고 근육 하나를 움직일 때도 나타났으며 행동을 통해서도 명백히 의사를 표시했고 세상 어느 것보다 더 윤기 도는 반들반들한 털에도 그 영광이 드러났다. 만일 주둥이와 두 눈 위에 갈색 털이 섞여 있지 않았다면, 가슴 한복판에 점점이 흰 털들이 죽 이어져 있지 않았다면 그는 아마도 커다란 늑대, 그중에서도 가장 큰 늑대로 오해받을 수도 있었을 것이다. 벅은 세인트버나드종 아버지에게서 몸집과 무게를 물려받았고 셰퍼드종 어머니에게서 그에 걸맞은 자태를 물려받았다. 그의 주둥이는 늑대의 것보다 크기만 컸을 뿐 영락없이 기다란 늑대 주둥이였고 넓은 머리통도 마찬가지였다.

벅의 노련한 수완은 늑대의 것이고 야생의 것이었다. 그의 지능은 셰퍼드와 세인트버나드의 것이었다. 그리고 이 모든 것에다 그는 가장 격렬한 현장 수업들을 통해 쌓은 경험을 더했다. 황야를 배회하는 그 어떤 짐승보다 더 엄청난 힘이 그에게 있었다. 날고기를 직접 잡아먹는 포식 동물로서의 그는 생의 정점에서 활짝 피어난 꽃이었고 정력과 활력이 넘쳤다. 손턴이 애무하는 듯한 손길로 벅의 등을 쓰다듬어 내려가면 손이 닿을 때마다 털 하나하나가 잠재한 전기를 방출하면서 따다닥 갈라지는 소리가 났다. 머리와 몸, 신경조직, 섬유질을 비롯한 모든 부분이 매우 정교하게 조화를 이루었다. 그리고 각 부분은 서로 완벽한 균형을 이루고 조응했다. 어떤 광경이나 소리나 사건 들이 행동을 요구하면 번개처럼 즉시 반응을 보였다. 에스키모개들이 방어하거나 공격할 때만큼 빠르게, 아니 그보다 두 배로 더 빠르게 벅은 뛰어 오를 수 있었다. 그는 다른 개들이 움직임을 보고 소리를 듣는 것보다 더 민첩하게 보고 들었다. 그는 동시에 감지하고 결정하고 반응했다. 물론 감지하고 결정하고 반응하는 것은 연속 행동이지만 그 간격이 너무도 짧아서 거의 동시에 일어나는 것처럼 보였다. 그의 근육은 활력으로 넘쳐흘렀고 강철로 만든 용수철처럼 타다닥 날카롭게 튀어 올랐다. 기쁨과 자유로움으로 홍수처럼 찬란히 온몸에 가득 찬 생명력이 드디어 폭발하고 순수한 황홀감 속에 산산이 흩어져 세상 속으로 풍요롭게 넘쳐흘렀다.

"저런 개는 지금까지 처음이야."

언젠가 동료들이 캠프를 걸어 나가는 벅을 바라보고 있을 때 손턴이 말했다.

"신이 저 개를 만들었을 때 주물의 틀이 터지고 말았을걸."

피트가 말했다.

"정말이야! 나도 그렇게 생각해."

한스도 거들었다.

그들은 벅이 캠프를 걸어 나가는 것을 바라보았다. 그러나 그들은 벅이 숲의 비밀 속으로 들어섰을 때 그에게 일어난 즉각적이고 무서운 변모는 보지 못했다. 그는 더 이상 걷지 않았다. 그는 한순간에 야생동물이 되어 나무 그림자들 사이에서 나타났다 획 사라졌고, 스치는 그림자처럼 고양이 발로 살금살금 돌아다녔다. 그는 모든 은신처를 어떻게 이용하는지 알았고 뱀처럼 배로 기어가다가 펄쩍 뛰어 한순간에 공격하는 법을 알았다. 그는 둥지에 들어 있는 새를 잡을 수도 있고 잠든 토끼를 죽일 수도 있고 나무로 펄쩍 날아가 앉기 직전의 작은 얼룩다람쥐를 공중에서 덥석 입에 물 수도 있었다. 얼음이 녹기만 하면 연못 속에 있는 어떤 물고기도 그의 먹이였고 댐을 수선하는 어떤 비버도 그에게서 빠져나가지 못했다. 그는 악의가 있어서가 아니라 먹기 위해서 그것을 죽였다. 그는 자신이 스스로 잡은 것을 먹고 싶었다. 그래서 그의 행동에는 유머가 숨어 있었다. 그는 거의 다 잡은 다람쥐를 놓아주고 그 다람쥐가 공포에 떨며 나무 꼭대기로 도망치는 것을 훔쳐보기를 좋아했다.

그해 가을이 다가오자 말코손바닥사슴들이 눈에 띄게 늘어났다. 그 사슴들은 겨울을 나기 위해 완만하고 낮은 계곡 쪽으로 천천히 내려가고 있었다. 벅은 이미 반쯤 자란 길 잃은 새끼를 끌고 온 적이 있었다. 그러나 그는 좀 더 크고 강한 먹이와 부딪치기를 열망했다. 어느 날 그는 개울 상류의 분수령에서 그런 먹이와 부딪쳤다. 스무 마리의 사슴 떼가 목재와 강줄기가 흩어져 있는 땅을 건너왔다. 대장은 커다란 수사슴이었다. 그 수사슴은 성질이 사납고 키가 180센티미터가 넘는, 그야말로 벅이 욕망해 온 무서운 적이었다. 그놈은 열네 개로 갈라져 손바닥처럼 쫙 펴진 사슴뿔을 앞뒤로 흔들었는데 양 끝 사이의 간격이 250센티미터나 되었다. 그의 작은 눈은 사악하고 독한 열기로 이글거렸고 그는 벽을 보자 분노로 포효했다.

수사슴의 옆구리에는 깃털 달린 창끝이 삐죽 솟아 나와 있었는데 그것은 그놈이 얼마나 독종인지 보여 주었다. 태곳적에 사냥하던 시절부터 잠재해 온 본능에 따라 벽은 수사슴을 무리에서 떼어 놓으려고 시도했다. 물론 그리 쉬운 일은 아니었다. 커다란 뿔에 다치지 않는 범위에서, 한번 밟히면 목숨이 송두리째 날아가 버릴 힘세고 평평한 발굽으로부터 간신히 비켜나는 범위에서, 벽은 짖어 대고 얼쩡거렸다. 하얀 송곳니가 계속 위협하는데 모른 척 등 돌릴 수 없었는지 놈은 발작적인 분노로 몸을 떨었다. 그 순간 놈이 벽에게 달려들었고 벽은 슬쩍 꽁무니를 빼며 도망치지 못하는 척 그놈을 유인했다. 그러나 이렇게 해서 놈을 무리에서 떼어 놓으면 젊은 사슴 두세 마리가 벽을 공격했고 그때 그 상처 받은 수사슴은 무리로 돌아갔다.

모든 야생물에게는 생명 그 자체처럼 완고하고 지칠 줄 모르는 끈질긴 인내심이 있다. 그것 때문에 거미가 거미집 속에서 몇 시간씩 숨죽이고, 뱀이 몇 시간씩 똬리를 틀고, 표범이 지칠 줄 모르고 숨어 있는 것이다. 바로 이 인내심은 야생동물이 살아 있는 먹이를 사냥할 때 독특하게 나타난다. 사슴 떼 옆에 달라붙었을 때 벽에게도 그 인내심이 나타났다. 행진을 방해하고 젊은 수사슴들의 신경을 돋우고 반쯤 자란 어린 새끼들을 돌보는 어미 사슴을 걱정하게 만들고 상처 받은 수사슴을 풀 길 없는 분노로 몰아붙였다. 이런 일들이 반나절 동안 계속되었다. 벽은 사방에서 공격하고 현란하게 위협하며 무리를 둘러쌌고, 수사슴이 무리 속으로 돌아가자마자 다시 떨어뜨려 놓았고, 사냥꾼보다 좀 더 약한 사냥감의 인내심을 지치게 만드는 등 다양한 전략을 구사했다.

날이 저물고 해가 북서쪽으로 기울자(어둠이 찾아온 가을밤은 여섯 시간에 불과했다.) 젊은 수사슴들이 공격받는 대장을 돕기 위해 돌아서기를 점점 더 망설이기 시작했다. 겨울이 닥쳐왔기 때문에 그들은 낮은 지역으로 서둘러 가야 했고 그들의 진행을 방해하는 이 끈질긴 방해꾼을 따돌릴 수는 없을 듯 보였다. 게다가 공격받는 대상은 무리 전체도 아니고 젊은 사슴들도 아니었다. 자신들의 삶과 무관한 단 한 마리만 내주면 됐다. 결국 그들은 통행세를 지불해야 했다.

황혼이 지자 늙은 수사슴은 머리를 숙이고 동지들을 바라보았다. 그가 알아 온 암컷들, 그의 핏줄을 이어받은 어린 새끼들, 그가 다스려 온 젊은 사슴들 모두가 사라져 가는 빛 속으로 비틀거리며 빠르게 가고 있었다. 그는 그들을 따라갈 수 없었다. 코앞에는 그를 놓아주지 않는 무자비한 송곳니의 도살자가 날뛰고 있었다. 그는 무게가 0.5톤보다 150킬로그램은 더 나갔다. 그는 오랜 세월 싸움과 투쟁으로 가득 찬 강한 삶을 살았다. 그런데 지금 머리가 자신의 무릎관절에도 못 미치는 동물의 이빨 앞에서 죽음을 맞으려 하고 있었다.

그때부터 밤낮으로 벅은 자신의 먹이 곁을 결코 떠나지 않았다. 한순간의 휴식도 주지 않았고 나무 잎사귀든, 자작나무와 버드나무의 어린 순이든 아무것도 뜯어 먹지 못하게 만들었다. 천천히 흘러가는 실개천을 건널 때에도 타오르는 갈증을 누그러뜨릴 기회를 주지 않았다. 가끔 그 먹이는 한동안 필사적으로 도망치기도 했다. 그럴 때면 벅은 그를 그냥 내버려 두었다. 먹이가 하는 짓을 용인해 주겠다는 듯 껑충껑충 가볍게 바짝 뒤쫓다가 그가 조용히 멈추면 누워 있다가 그가 먹거나 마시려 들면 사납게 공격했다.

커다란 머리의 뿔은 아래로 점차 수그러들어 처졌고 비틀거리는 걸음에 점점 더 힘이 빠졌다. 그가 코를 아래로 늘어뜨리고 낙담한 귀를 힘없이 떨어뜨린 채 서 있는 시간이 늘어난 반면 벅은 더 많은 시간 동안 물을 마시고 휴식을 취할 수 있었다. 벅이 빨간 혀를 날름거리고 헐떡이면서 커다란 수사슴을 지켜보고 있는데 그 순간 사물의 표면에 어떤 변화가 나타나는 것을 감지했다. 그는 땅에서 새로운 움직임을 느낄 수 있었다. 땅에서 사슴을 감지했듯이 다른 생명을 감지했다. 숲과 냇물과 공기가 새로운 존재들 속에서 고동쳤다. 새로운 존재는 모습이나 소리나 냄새가 아니라 어떤 다른 것, 좀 더 미묘한 감각으로 그에게 다가왔다. 그는 아무것도 듣지 못했고 아무것도 보지 못했지만 땅이 어딘가 다르다는 것을 깨달았다. 땅에서 이상한 일이 일어나고 있었다. 벅은 이 일만 끝내면 그것을 조사해 보리라 작정했다.

마침내 넷째 날이 끝나 갈 무렵 벅은 커다란 수사슴을 굴복시켰다. 하루 낮과 밤을 그는 죽은 놈 옆에서 떠나지 않았다. 자신이 잡은 먹이를 먹고 잠을 자고 또다시 먹고 잠을 잤다. 그렇게 휴식을 취하고 원기를 회복해 강해진 다음 벅은 캠프와 손턴을 향해 출발했다. 벅은 다리를 힘껏 벌리고 편안하게 몇 시간을 달렸다. 한 번도 길을 헷갈리지 않았고 인간과 나침반을 비웃듯이 낯선 지역을 정확히 직선으로 달려 집으로 갔다.

벅은 그 땅에 가까워질수록 무슨 일이 일어났다는 것을 점점 더 확신했다. 여름 내내 그 땅에서 살았던 생명체와는 다른 생명체가 퍼져 나가고 있었다. 벅은 더 이상 그 일이 미묘하고 신비한 일이 아니라는 것을 알았다. 새들이 그것에 대해 이야기했고 다람쥐가 그것에 대해 재잘거렸고 미풍도 그것에 대해 속삭였다. 그는 몇 번이나 멈춰서 신선한 아침 공기를 크게 들이마시며 하나의 계시를 읽고 더 빨리 달렸다. 그는 어떤 재난이 아직 일어나지 않았다 해도 곧 닥칠 거라는 것을 감지했다. 마지막 분수령을 넘어 캠프로 접어드는 계곡에 이르자 그는 훨씬 더 조심스럽게 다가가기 시작했다.

벅은 5킬로미터쯤 떨어진 곳에서 새로 생긴 길의 흔적을 보고 목덜미의 털이 물결치며 곤두서는 걸 느꼈다. 그것은 캠프와 존 손턴에게 직접 연결되었다. 벅은 발소리를 죽여 가며 온 신경을 팽팽히 곤두세우고 서둘러 갔다. 아직 결론에는 이르지 못했지만 여러 정황을 통해 무슨 일이 일어났다는 것을 민감하게 느꼈다. 그의 코는 그가 쫓고 있는 동물들이 여러 통로를 통해 들어왔다는 것을 알려 줬다. 그는 숲이 이상하리만치 조용하다고 느꼈다. 새들은 다른 곳으로 날아갔다. 다람쥐들은 숨어 버렸다. 단 하나 커다란 잿빛 생물만 보였는데 그것은 죽은 나뭇가지에 납작하게 달라붙어서 나무의 일부인 것처럼, 나무에 붙은 혹처럼 보였다.

벅은 모호한 흔적을 따라서 살금살금 기어들다가 갑자기 결정적인 단서를 잡았다는 듯 코를 옆으로 홱 돌렸다. 그는 새로운 냄새를 따라 수풀 속으로 들어갔고 거기에서 니그를 발견했다. 니그는 옆으로 쓰러져 있었는데 거기까지 몸을 질질 끌고 오다가 죽은 게 분명했다. 화살이 양 옆구리를 뚫어 촉과 깃털이 삐쭉 나와 있었다.

100미터쯤 더 가니 언젠가 손턴이 도슨에서 사 왔던 썰매 끄는 개 한 마리가 눈에 띄었다. 그 개가 길 위에서 죽어 가며 고통으로 몸부림친 흔적이 역력했다. 벅은 멈추지 않고 그 개를 지나쳤다. 캠프에서 여러 사람이 부르는 단조로운 노랫소리가 높아졌다 낮아졌다 하면서 희미하게 들려왔다. 그는 공터 가장자리를 향해 배로 살금살금 기어 나가다가 땅에 엎어져 있는 한스를 발견했다. 한스의 몸은 여기저기 삐져나온 화살의 깃털들에 덮여 호저[2]처럼 보였다. 거의 동시에 벅은 전나무 가지로 덮인 숙소가 있던 자리를 기웃거리다가 목덜미와 어깨의 털이 한꺼번에 솟아오르는 광경을 봤다. 타오르는 분노가 그의 온몸을 뚫고 솟구쳤다. 그는 자신이 으르렁대는지도 의식하지 못한 채 폭풍처럼 사납게 으르렁댔다. 일생에 처음이자 마지막으로 그의 감정이 이성과 책략을 누르고 폭발했다. 그가 이성을 잃은 것은 순전히 손턴에 대한 사랑 때문이었다.

---

2) 부드러운 털과 뻣뻣한 가시털이 빽빽이 나 있는 쥐목의 호저류에 속하는 포유류.

허물어진 전나무 숙소 주변에서 춤추다가 사나운 울음소리를 들은 이해츠족은 전에 한 번도 본 적 없는 모습의 동물이 돌진해 오는 것을 봤다. 그것은 펄펄 끓는 분노로 이글거리며 광적인 파괴력으로 그들을 향해 돌진하는 벅이었다. 벅이 맨 끝에 있는 사내(이해츠족 추장이었다.)에게 달려들어 그의 목을 찢자 커다랗게 벌려진 상처에서 피가 샘물처럼 울컥울컥 솟아올랐다. 벅은 그 사내에게 눈길 한 번 던지지 않고 곧장 그다음 사람에게 달려들어 목을 왕창 찢었다. 벅을 말릴 자는 아무도 없었다. 벅은 그들 한가운데로 뛰어들어 찢고 물고 부쉈는데 얼마나 빠르고 엄청났던지 그들이 퍼붓는 어떤 화살도 비껴갈 정도였다. 벅의 행동은 엄청나게 빠른 반면 인디언들은 서로 모여 엉켜 있어서 결국 자기들끼리 화살을 쏘아 대고 맞는 셈이었다. 젊은 사냥꾼이 공중에서 날뛰는 벅을 향해 창을 던졌는데 어찌나 세게 던졌는지 그 창은 다른 사냥꾼의 가슴을 관통해 등을 뚫고 지나가 버렸다. 이해츠족은 공포에 사로잡혔고 두려움에 질려 숲으로 달아났다. 그들은 도망치면서 드디어 악마가 나타났다고 소리쳤다.

정말로 벅은 악마의 화신이었다. 분노에 가득 찬 그는 나무 사이로 빠져나가며 도망치는 그들을 뒤쫓아 사슴처럼 질질 끌고 다녔다. 그날은 이해츠족에게 재앙의 날이었다. 그들은 사방으로 멀리 흩어졌다가 일주일이 지나서야 더 낮은 계곡 아래에 마지막 생존자들이 모여 죽은 자들을 헤아려 볼 수 있었다. 추적에 신물이 난 벅은 폐허가 된 캠프로 돌아갔다. 벅은 맨 처음 위기에 직면했던 듯한 피트의 시체를 담요 안에서 발견했다. 손턴의 필사적인 저항의 흔적이 땅 위에 생생했고 벽은 깊은 연못가에 이르기까지 흔적 하나하나를 놓치지 않고 읽을 수 있었다. 스키트가 앞발과 머리를 물속에 담근 채 연못가에 죽어 있어서 마지막까지 충성스러웠던 것을 알 수 있었다. 선광 접시 때문에 연못이 흐려지고 색깔이 변해 금들이 어디에 잠겼는지, 손턴이 어디에 잠겨 있는지 보이지 않았다. 벽은 물속으로 들어가 손턴의 흔적을 추적했으나 그 흔적은 이어지지 않고 중간에 끊겨 버렸다.

하루 종일 연못가에서 생각에 잠겨 있던 벽은 캠프 주변에서 마음을 못 잡고 서성였다. 동작을 멈추는 것, 떠나 버리는 것, 생물의 목숨을 앗아 가는 것, 그것이 죽음이라는 걸 벽은 알았다. 그는 손턴이 죽었다는 것을 알았다. 그것은 그에게 커다란 공허감을 주었다. 그 공허감은 배고픔과 비슷했으나 벽은 아프고 또 아팠다. 어떤 음식으로도 채울 수 없는 아픔이었다. 때로 이해츠족의 시체를 바라보며 생각에 잠길 때 벽은 그 아픔을 잊었다. 그리고 자신을 자랑스럽게, 지금까지의 경험 가운데 가장 자랑스럽게 느꼈다. 그는 가장 고귀한 사냥감인 인간을 죽였다. 그것도 곤봉과 송곳니가 지배하는 법칙에 따라 죽였다. 그는 호기심에 가득 차서 죽은 몸들에 코를 대고 흥흥거렸다. 이렇게 쉽게 죽을 수 있다니. 에스키모개들을 죽일 때보다 훨씬 더 쉬웠다. 곤봉과 창과 화살이 없다면 인간은 결코 그의 맞수가 될 수 없었다. 이제부터 인간이 손에 창과 화살과 곤봉을 들고 있지 않을 때에는 전혀 그들을 두려워할 필요가 없었다.

밤이 찾아왔고 보름달이 나뭇가지들 위로 하늘 높이 떠올랐다. 사방은 달빛을 받아 점차 유령처럼 푸르스름한 빛으로 물들었다. 밤이 찾아오자 벅은 연못가에 앉아 침울하게 손턴의 죽음을 애도했다. 그때 숲 속에서 이해츠족과는 다른 어떤 생물이 부스럭거리는 소리가 얼핏 들렸고 그는 귀를 쫑긋했다. 그는 일어서서 긴장한 채 귀를 기울이고 코로 냄새를 맡았다. 멀리서 날카롭게 짖는 소리가 희미하게 공중으로 퍼져 나갔고 곧이어 비슷하게 날카로운 울음소리가 일제히 들렸다. 조금 있으니 소리가 더 가까워지고 커졌다. 다시 한 번 벅은 그 소리가 기억 속에서 끈질기게 들려왔던 다른 세상의 부름이라는 것을 알았다. 그는 공터 한가운데로 걸어 나가 좀 더 주의 깊게 그 소리를 들었다. 바로 그 부름, 여러 곡조가 합쳐진 부름이었고 어느 때보다 더 유혹적이고 절실하게 울려 퍼졌다. 처음으로 그는 부름에 복종할 준비가 되었다. 손턴이 죽었기 때문이다. 그를 묶어 놓았던 마지막 끈이 끊어진 것이다. 인간 그리고 인간의 어떤 요구도 그를 더 이상 묶어 놓지 못했다.

이해츠족은 이주하는 사슴 떼를 옆에서 공격해 사냥했다. 늑대 무리는 그들처럼 살아 있는 고기를 사냥하면서 강과 숲 들을 지나 마침내 벅의 계곡으로 침입해 왔다. 달빛으로 하얗게 물든 공터를 향해 그들은 은빛 홍수처럼 몰려들어 왔다. 공터 한가운데에서 벅이 동상처럼 꼼짝도 하지 않고 그들을 기다리며 서 있었다. 커다란 몸집으로 꼼짝도 않고 서 있는 벅에게 그들은 경외감을 느꼈으나 곧 가장 대담한 놈이 먼저 벅에게 덤벼들었다. 벅은 번개처럼 그놈을 한 방에 날려 목을 부러뜨려 놓았다. 그러고는 전처럼 다시 꼼짝도 하지 않고 서 있었는데, 맞은 놈은 뒤에서 고통스러워하며 데굴데굴 굴렀다. 이어서 세 마리가 연속으로 벅에게 달려들었고 한 놈씩 차례로 목이나 어깨를 찢긴 채 피를 흘리며 나가떨어졌다.

이것으로 늑대 무리 전체를 한꺼번에 교란하기에 충분했다. 그들은 먹이를 쓰러뜨리려는 열망에 가득 차 서로 가로막고 방향을 잃고 무더기로 우왕좌왕했다. 놀랄 정도로 빠르고 민첩한 벅은 단연 우월했다. 뒷발로 빙그르 돌면서 물고 뜯고 신출귀몰하게 이곳저곳에서 나타났다. 이쪽 끝에서 저쪽 끝까지 어찌나 빠르게 획획 돌며 막아 내는지 어디에나 동시에 존재하는 것 같았다. 뒤에서 공격당하지 않기 위해 뒤로 물러난 그는 연못을 지나 개울가로 간 다음 높은 자갈 둑을 등지고 섰다. 인간들이 광산을 개발하면서 만든 둑이었는데 벅은 그 안으로 곧바로 들어섰다. 삼면이 둑으로 막힌 움푹 들어간 곳이어서 그는 오직 앞만 방어하면 되었다.

벅은 그 요새를 너무나 잘 방어했다. 삼십 분쯤 지나자 패배한 늑대들이 뒤로 물러났다. 축 늘어진 혀를 앞으로 길게 빼물고 달빛 속에서 하얀 송곳니를 더욱 하얗고 잔인하게 반짝이면서, 어떤 늑대는 머리를 들고 귀를 앞으로 내밀고 눕는가 하면 어떤 늑대는 서서 그를 지켜보았고 어떤 늑대는 연못을 찰싹이며 핥았다. 그때 몸이 가늘고 긴 잿빛 늑대 한 마리가 친근한 태도로 조심스럽게 앞으로 걸어 나왔다. 벅은 그가 바로 얼마 전에 하루 밤낮을 함께 달렸던 야생의 형제임을 알아보았다. 그는 부드럽게 킹킹 울었고 벅도 부드럽게 킹킹거리며 서로 코를 맞댔다.

그때 전투에서 상처를 많이 입은 수척한 늙은 늑대가 앞으로 나왔다. 벅은 으레 그렇듯이 으름장을 놓으며 입술을 비틀어 올리려다가 곧 그와 함께 코를 홍홍거리며 냄새를 맡았다. 그러자 늙은 늑대는 앉아서 달을 향해 코를 높이 쳐들고 길게 울었고 이어서 다른 늑대들도 그를 따라 앉아서 울었다. 이제 그 부름은 틀림없는 엄연한 사실로 벅에게 다가왔다. 그도 역시 앉아서 길게 울었다. 그 울음이 끝나자 벅은 요새에서 나왔고 늑대들은 그를 둘러싸고 반은 친근하게 반은 사나운 태도로 코를 홍홍거렸다. 대장들은 무리가 따라 짖도록 유도하며 숲 속으로 달려갔다. 늑대들은 입을 모아 짖으면서 뒤를 따랐다. 벅은 그들과 함께 짖으면서 야생의 형제와 나란히 달렸다.

이제 벅의 이야기는 이쯤에서 끝내는 것이 좋겠다. 몇 해 지나지 않아 이해츠족은 잿빛 늑대들 사이에 변화가 일어난 것을 주목하게 되었다. 머리와 주둥이에 갈색 반점이 있고 가슴 한가운데로 하얀 털이 길게 난 늑대들이 새롭게 생겨난 것이다. 그러나 이보다 더 두드러진 현상은 늑대 무리 중 맨 앞에서 달리는 '유령 개'에 대해 말이 오가는 것이었다. 그들은 그 유령 개를 두려워했다. 그놈은 이해츠족보다 훨씬 더 교활해서 엄청나게 추운 겨울에도 캠프에서 음식을 훔치고 덫을 강탈하고 개를 죽였다. 가장 용감한 사냥꾼들조차 그놈 앞에서는 오금을 펴지 못했다.

아니, 이야기는 조금 더 나쁜 방향으로 전개된다. 캠프로 돌아오지 못한 사냥꾼들이 있는가 하면 사냥꾼들 가운데 동족이 잔인하게 목이 찢겨서 죽었는데 그 주변 눈 위에 보통보다 훨씬 더 큰 늑대 발자국이 남아 있었다고 말하는 사람들도 있었다. 매년 가을, 이해츠족은 이주하는 사슴 무리를 뒤쫓았는데 그들이 가지 않는 장소가 딱 한 군데 있었다. 그 악마가 왜 하필이면 그 계곡을 선택했는지에 관해 불 가에서 이야기를 들은 여자들은 슬퍼할 것이다.

해마다 여름이면 한 방문객이 그 계곡을 찾는데 이해츠족은 그 사실을 모른다. 그놈은 찬란하게 빛나는 털로 뒤덮인 커다란 늑대인데 다른 늑대들과 비슷하면서도 어딘지 다르다. 그는 홀로 부드러운 숲을 건너 나무들 사이에 있는 공터로 내려간다. 썩은 사슴 가죽 자루들에서 누런 물줄기가 흘러나와 땅에 스며드는데, 주위에 풀들이 기다랗게 자라나 있고 식물들이 우거져서 그 누런 색깔을 보이지 않게 가린다. 그는 여기에서 잠시 동안 뭔가 생각하다가 떠나기 전에 한 번, 아주 길고 슬프게 운다.

그러나 그가 언제나 혼자인 것은 아니다. 긴 겨울밤이 오고 늑대들이 낮은 계곡으로 먹이를 찾아 내려올 때면 그가 무리의 맨 앞에서 달리는 것을 볼 수 있다. 창백한 달빛과 희미하게 반짝이는 북극광을 뚫고 동료들보다 훨씬 더 높이 펄쩍펄쩍 뛰면서 그들 무리의 노래인 원시 세계의 노래를 부를 때면 그의 커다란 목이 우렁우렁 울리는 것을 볼 수 있다.

불을 지피다

춥고 흐린 날이었다. 엄청나게 춥고 거무스레 어두운 날, 그는 유콘강 본류에서 옆길로 빠져 흙으로 된 높은 강둑을 기어올랐다. 다니는 사람이 별로 없는 길이 전나무가 우거진 숲을 뚫고 동쪽으로 희미하게 이어져 있었다. 상당히 가파른 둑이었다. 이제 꼭대기에 올랐으니 시계를 봐야지 하고 핑계를 대며 그는 잠깐 멈춰 숨을 길게 내쉬었다. 오전 9시였다. 하늘에는 구름 한 점 없었으나 해는 보이지 않았고 보일 기미도 없었다. 맑은 날이었으나 사방은 흐릿한 장막으로 덮인 것처럼 어두웠다. 이 미묘한 어둠은 해가 없기 때문이었다. 그는 어둠을 걱정하지 않았다. 해를 가끔 보는 것에 익숙해졌던 것이다. 그는 해를 본 지 며칠 지났으나 다시 해를 보려면 며칠 더 지나야 한다는 것을 알았다. 그 명랑한 구체는 정남향의 지평선 위로 살짝 떠올랐다가 어느새 시야에서 꼴깍 사라져 버렸다.

사내는 그가 온 길을 되돌아보았다. 폭이 1.6킬로미터나 되는 유콘강은 두께가 1미터나 되는 얼음으로, 덮여 있고 얼음 위에는 몇 미터가 넘는 많은 눈이 쌓여 있었다. 녹다가 다시 얼어붙어 부드럽게 출렁거리는 바닥이 새하얬다. 북쪽이든 남쪽이든 어디를 봐도 사방이 흰색으로 끝없이 이어졌다. 다만 머리카락처럼 가느다란 검은 선 하나가 전나무 덮인 섬 부근에서부터 남쪽으로 북쪽으로 굽이굽이 꼬이며 연결되다가 또 다른 전나무 우거진 섬 뒤로 사라졌다. 이 검은 머리카락이 바로 중심 도로였다. 이 길로 남쪽을 향해 800킬로미터를 가면 칠쿳패스와 다이, 솔트워터에 이르고 북쪽으로 100킬로미터를 가면 도슨에 이른다. 북쪽으로 계속 1500킬로미터를 가면 눌라토에 이르고 거기에서 또 2500킬로미터를 가면 마침내 베링해안에 있는 세인트미카엘에 도착한다.

그러나 이 모든 것, 신비롭게 까마득히 뻗어 있는 머리카락 같은 길, 하늘에 태양이 없는 것, 무지막지한 추위, 이 모든 것이 주는 이상한 괴기함에 대해 사내는 아무런 느낌도 받지 못했다. 오랫동안 이런 환경에 익숙해져서가 아니었다. 그는 막 도착한 신참, '알래스카의 신참'이었고 그에게는 올해가 첫 겨울이었다. 그의 문제점은 상상력이 없다는 것이었다. 그는 살면서 사물에 대해서는 머리가 빨리 돌아갔고 재빠르게 반응을 보였지만 오직 사물에 대해서만 그럴 뿐 중요한 의미를 만들어 내는 데는 그러지 못했다. 영하 50도란 어는점 아래로 80도 남짓 내려가는 추위였다. 그런데 그는 이 사실을 그저 좀 춥고 불

편한 환경이다 하고 이해할 뿐 그 이상을 생각하지 못했다. 자신이 기온에 민감한 나약한 동물이라는 것을, 인간이란 극히 제한된 범위의 더위와 추위 속에서만 살 수 있는 아주 부서지기 쉬운 동물이라는 것을 생각하지 못했다. 여기서 한 걸음 더 나아가 그는 광활한 우주에서 인간의 위치와 불멸성 등을 사유하는 데 무감각했다. 영하 50도는 동상에 걸리면 깨물린 듯 통증을 느끼고 장갑, 귀마개, 따스한 사슴 가죽신, 두꺼운 양말을 착용하면 막을 수 있는 추위다. 말하자면 그에게 영하 50도란 글자 그대로 정확히 영하 50도를 의미했다. 그 이상 어떤 일이 일어날 수도 있다는 가능성이 그에게는 전혀 떠오르지 않았다.

그는 다시 길을 재촉하면서 신중하게 침을 탁 뱉었다. 쨍하며 날카롭게 갈라지는 소리에 그는 깜짝 놀랐다. 그는 다시 침을 뱉었다. 다시 한 번 침이 미처 눈 위에 닿기도 전에 공중에서 쨍하고 갈라지는 소리가 났다. 그때까지 그는 영하 50도일 때 침은 눈 위에서 갈라지며 터지는 줄 알았다. 그런데 지금은 공중에서 갈라졌다. 영하 50도보다 더 추운 게 틀림없었다. 그런데 얼마나 더 추운지는 알지 못했다. 하지만 기온이 무슨 상관인가. 그는 헨더슨 계곡의 왼쪽 갈림길에 있는 옛 사무실로 가기만 하면 되었다. 그곳에는 동료들이 먼저 가 있었다. 그들은 인디언 계곡 마을에서 분수령을 가로질러 바로 왔고 그는 봄에 유콘강의 섬들에서 통나무를 얻을 수 있는지 알아보기 위해 먼 길로 돌아서 왔다. 오후 6시에는 캠프에 도착할 수 있을 것이다. 날이 조금 어두워졌겠지만 동료들이 기다리면서 불도 지펴 놓고 뜨거운 저녁 식사도 준비해 놓았을 것이다. 점심 식사라면 여기 이렇게 있지. 그는 겉옷의 불룩하게 튀어나온 부분에 손을 갖다 대고 살짝 눌렀다. 손수건에 싸서 속옷 안에 넣었기에 그것을 맨살로 느낄 수 있었다. 그렇게 해야만 비스킷이 얼지 않았다. 그는 비스킷을 생각하면서 혼자 만족스러운 미소를 지었다. 비스킷을 한 개씩 갈라 베이컨 기름에 푹 적신 후, 기름에 튀긴 두툼한 베이컨 조각을 그 사이에 끼워 넣었다.

그는 커다란 전나무들 사이로 뛰어들었다. 썰매가 마지막으로 지나간 후에 눈이 30센티미터나 내려 길이 희미해져 있었다. 그는 썰매 없이 가볍게 여행하길 잘했다 싶었다. 사실 지금 그에게는 손수건에 싼 점심밖에 없었다. 그는 추위가 심한 것에 놀랐다. 장갑 낀 손으로 감각이 없어진 코와 뺨을 문지르면서 정말로 추운 날씨구나 느꼈다. 구레나룻이 두툼하게 나 있었지만 얼굴 털까지 얼어붙는 공기 속에서 저돌적으로 튀어나온 광대뼈와 불쑥 솟은 코를 보호해 줄 수는 없었다.

커다란 순종 에스키모개 한 마리가 그의 발꿈치를 따라 종종 걸어갔다. 잿빛 털을 가진 늑대개의 일종이었는데 형제간인 야생 늑대와 겉모습과 기질에서 큰 차이가 없었다. 그 동물은 지독한 추위에 기가 죽어 있었다. 그는 이런 추위에 절대 여행해서는 안 된다는 걸 알았다. 그의 본능이 말하는 것이 인간이 판단해서 다른 사람에게 말하는 것보다 진실에 더 가까웠다. 온도계로는 영하 50도였지만 실제로는 영하 60도보다 더 추웠고 영하 70도보다 더 추웠다. 실제로는 영하 75도의 추위였다. 어는점이 32도이므로 어는점 아래로는 107도라는 의미다. 개는 온도계가 뭔지 몰랐다. 아마 개의 뇌에는 인간이 지닌 지독한 추위에 대한 예리한 감각이 없을 것이다. 그러나 동물에게는 본능이 있다. 개는 모호하지만 위협적으로 감지한다. 본능을 누르고 사람의 발길을 살살 뒤쫓아 가며 인간이 익숙지 않은 움직임을 보일 때마다 캠프로 돌아가기를, 어딘가 쉴 곳을 찾기를, 불을 피우기를 고대하면서 인간에게 애타게 질문을 던진다. 개는 불을 알았고 불을 원했다. 그렇지 않으면 눈 밑에 굴을 파고 몸을 웅크려 공기와 맞닿지 않은 채 온기를 끌어안고 싶었다.

숨을 쉴 때 나오는 입김이 얼면서 미세한 가루가 되어 개털 위에 달라붙었는데 특히 턱, 주둥이, 속눈썹 등에 하얗게 내려앉았다. 사내의 코와 턱에 난 붉은 수염은 더 단단하게 얼어붙어서 그가 따스하고 축축한 입김을 내쉴 때마다 얼음 조각이 늘어졌다. 게다가 얼어붙은 입마개 때문에 입술이 잘 움직이지 않아 사내가 담배를 씹을 때 즙이 나와도 턱을 말끔히 닦을 수가 없다. 그러다 보니 수염에 들러붙은 투명하게 반짝이는 얼음이 누런 호박처럼 단단해져 턱에 점점 더 길게 매달렸다. 그가 앞으로 넘어지면 그것들은 유리처럼 산산이 부서져 가루가 될 판이었다. 그러나 그는 입에 달라붙는 것들에 신경 쓰지 않았다. 그 정도는 씹는 담배를 즐기는 사람들이 그 지역에서 감내해야 하는 벌칙 같은 것이었고 그는 이미 두 번이나 비슷한 추위에 밖에 나가 본 적이 있었다. 물론 이렇게까지 춥지는 않았으나 식스티마일에서 마음의 온도계로 쟀을 때 영하 50도에서 55도까지 나왔던 것을 그는 알고 있었다.

그는 평평하게 펼쳐져 있는 숲들을 몇 킬로미터나 통과했다. 그러고는 니거헤드탄[1]이 널려 있는 넓은 평지를 지나 둑을 내려와 얼어붙은 작은 강바닥으로 들어섰다. 헨더슨 계곡이었다. 앞으로 15킬로미터만 더 걸으면 분기점에 도달한다. 그는 시계를 들여다봤다. 오전 10시였다. 한 시간당 평균 6킬로미터를 걸은 셈이었다. 계산해 보니 12시 30분쯤이면 분기점에 도착할 듯했다. 사내는 그곳에 가면 기념으로 점심을 먹으리라 작정했다.

사내가 강바닥 위로 가볍게 걸어가자 개는 낙담한 듯 꼬리를 축 늘어뜨리고 다시 한 번 그의 발치에 주저앉았다. 썰매가 지나간 흔적은 역력했으나 마지막 썰매 자국 위로 눈이 30센티미터나 쌓여 있었다. 지난 한 달 동안 이 적막한 강바닥을 지나간 사람은 없었다. 사내는 쉬지 않고 계속 걸었다. 그는 생각이라는 것에 높은 가치를 두지 않았고 특히 지금은 그저 분기점에 빨리 도착해서 점심을 먹으리라는 것과 저녁 6시에는 캠프에 도착해 동료들과 함께하리라는 것 외에 다른 생각이 없었다. 함께 이야기할 사람이 아무도 없었고 설사 있다 해도 얼음이 입을 덮어 말할 수 있는 처지가 못 되었다. 그래서 그는 끊임없이 단조롭게 담배를 씹었고 그럴 때마다 호박 같은 수염이 길어졌다.

가끔씩 그의 머릿속에는 아, 날씨가 정말 춥구나, 이렇게 추

---

1) 석탄층에서 산출되는 공 모양 탄괴.

운 날은 난생 처음이야 하는 생각만 반복해서 떠올랐다. 그는 걸어가면서 장갑 낀 손등으로 광대뼈와 코를 문질렀다. 그는 가끔씩 손을 바꿔 가며 기계적으로 그렇게 했다. 그러나 그렇게 비벼 대도 잠깐 멈춘 사이 다시 뺨의 감각이 없어지고 다음 순간 코 끝 감각도 없어지곤 했다. 뺨이 동상에 걸릴 게 확실했다. 그러자 버드가 추운 날씨에 끼고 다녔던, 코를 덮는 띠 같은 것이 떠올랐고 그런 것을 마련하지 못한 게 후회스러웠다. 그런 띠는 두 뺨을 가려 얼지 않게 보호해 줄 수 있었다. 하지만 지금 그게 대순가. 뺨이 좀 얼면 어떤가. 조금 아프겠지만 그게 전부야. 크게 심각한 문제는 아니라고.

사람이 마음을 비우면 잡념도 가시는 법이다. 그는 정신을 한곳에 모아 샛강에서 일어나는 변화를 주시했다. 개울이 어떻게 돌고 굽어지고 목재가 어디에서 한곳에 모이는지 주시하면서 자신의 발걸음이 맞는 길로 가고 있는가에 온정신을 쏟았다. 그러다 그는 강이 굽어진 곳을 돌아 나오다가 놀란 말처럼 펄쩍 뒤로 물러났다. 그러고는 지금까지 걸어온 길에서 멀리 돌아 뒤로 몇 발자국 물러났다. 그는 강이 속까지 단단히 얼었다고 생각했다. 어떤 샛강도 겨울에 극지방에서 얼어붙지 않을 수는 없다. 그러나 언덕 옆에 물이 퐁퐁 솟아올라 얼음 위로 솟구치고 그 위에 쌓인 눈 밑으로 흐르는 샘이 있다는 것 역시 그는 알았다. 날씨가 아무리 추워도 이 샘물은 얼지 않았고 그래서 위험했다. 그 샘은 함정이었다. 샛강은 눈 밑에 흐르는 물을 숨기고 있었다. 때로 눈의 깊이는 10센티미터일 수도 있고 1미터일 수도 있었다. 때로는 흐르는 물을 감춘 30센티미터

두께의 얇은 얼음 위에 눈이 덮여 있을 수도 있었다. 때로는 물과 얼음이 층층이 번갈아 쌓여 한번 얼음이 부서지면 한참 동안 계속 부서져 내려 허리까지 흠뻑 젖었다.

공포에 사로잡힌 사내는 흠칫 뒤로 물러섰다. 발바닥이 축축한 것을 느낀 순간 눈 밑 얇은 얼음이 와지끈 부서지기 시작했다. 이런 기온에서 젖으면 큰일이었고 위험했다. 그것은 적어도 도착이 늦어진다는 것을 의미했다. 그는 불을 피우기 위해 멈춰야 하고 젖은 신발과 양말을 말리는 동안 맨발로 불을 쬐야 할 것이다. 사내는 가만히 서서 강바닥과 둑을 살펴보고 물이 오른쪽에서 흘러나온다는 사실을 알았다. 잠깐 동안 그는 코와 뺨을 문지르며 생각에 잠겼다. 그러고 나서 왼쪽 가장자리로 가만히 한 발을 디뎌 보고 조심스럽게 한 발 한 발 안전을 점검하면서 걸음을 옮겼다. 일단 위험에서 벗어나자 사내는 다시 담배를 입에 물고 6킬로미터의 여정에 몸을 맡겼다.

그 뒤로 두 시간 동안 사내는 비슷한 함정에 몇 번이나 부닥쳤다. 눈 밑에 물이 흥건히 고일 경우 보통은 겉으로 눈이 약간 움푹 들어가 있다던가 해서 위험하다는 것이 드러난다. 다시 한 번 그가 비슷한 낌새를 느끼고 위험하다고 의심하며 개를 앞세워 걷게 하려고 했다. 그러나 개가 앞으로 나서려 하지 않았다. 개는 자꾸 뒤로 물러나다가 사내가 앞으로 밀어붙이자 마지못해 하얗고 매끄러운 눈 위를 재빨리 건넜다. 쌓인 눈이 갑자기 부서지면서 개가 한쪽으로 비틀하더니 얼른 비켜나 다시 원래 자세를 취했다. 개의 앞발과 다리가 물에 젖었는데 순식간에 물기가 얼어서 달라붙었다. 개는 다리에 붙은 얼음을 얼른 입으로 핥아서 녹여 냈다. 그리고 눈 위에 털썩 주저앉아 발가락 사이에 얼어붙은 얼음을 물어서 떼어 냈다. 그것은 본능적인 행동이었다. 얼음이 붙어 있으면 발이 붓고 아프다. 개는 그 사실을 모른다. 다만 그는 존재의 심연에서 울려 나오는 신비한 본능을 즉각 따를 뿐이다. 반면 사람은 판단을 통해 어떤 문제에 접근한다. 사내는 오른쪽 장갑을 벗고 얼음 조각을 떼어 냈다. 일 분 이상 손가락을 내놓지 않았는데 추워서 손가락이 즉시 무감각해지는 것을 보고 깜짝 놀랐다. 분명히 엄청난 추위다. 그는 급하게 다시 장갑을 끼고 손을 가슴에다 탁탁 쳤다.

날은 12시에 가장 밝다. 그러나 겨울의 태양은 지평선을 분명히 드러내기엔 너무나 먼 남쪽에 있었다. 태양과 헨더슨 계곡 사이에 땅이 불룩하게 가로놓여 있어서 정오의 맑은 하늘 아래를 걸어도 그림자가 생기지 않았다. 12시 정각에 사내는 계곡의 갈림길에 도착했다. 그는 그만한 속도로 걸은 것에 만족했다. 그 속도로 계속 가면 틀림없이 저녁 6시에는 동료들과 함께 있게 될 것이다. 그는 겉옷과 속옷의 단추를 풀고 도시락을 꺼냈다. 그러는 데 불과 십오 초도 걸리지 않았으나 그 짧은 시간 사이에 장갑을 벗은 손가락의 감각이 없어졌다. 그는 다시 장갑을 끼는 대신 손가락들을 다리에 대고 열두 번 정도 탁탁 세게 쳤다. 그러고 나서 점심을 먹으려고 눈 쌓인 통나무 위에 걸터앉았다. 그런데 다리에 부딪쳐서 얼얼해졌던 손가락이 너무도 빨리 무감각해져 깜짝 놀랐다. 비스킷을 한입 깨물어 볼 여유가 없었다. 그는 손가락들을 반복해서 탁탁 친 후 장갑을 끼고 반대쪽 장갑을 벗어 식사를 하려고 했다. 막 한입 깨물려고 하니 입에 달라붙은 얼음이 걸렸다. 불을 피워 얼음을 녹여야 했다. 사내는 자신의 어리석음에 껄껄 웃었다. 그런데 웃는 사이 장갑을 벗은 손가락들이 다시 무감각해지는 것을 느꼈다. 그리고 처음 앉았을 때만 해도 발가락이 쓰렸는데 벌써 그 느낌이 사라진 것을 알아차렸다. 도대체 발가락이 따스한지 무감각한지 알 수가 없었다. 사슴 가죽신 속에서 발가락을 움직여 보고 나서 그는 감각이 없어졌다는 사실을 깨달았다.

그는 급하게 장갑을 끼고 일어섰다. 공포가 약간 밀려왔다. 그는 발에 쓰린 감각이 되돌아올 때까지 눈 위에서 펄쩍펄쩍 뛰었다. 정말 대단한 추위로군. 그는 다시 생각했다. 설퍼 계곡 출신 사내가 이 지역이 때로 엄청나게 춥다고 말한 게 진실이었구나. 그 소리를 듣고 그는 그냥 웃어넘기고 말았는데! 그러니 사람은 매사에 지나친 자신감을 가져서는 안 돼. 그건 빈말이 아니었어, 이건 정말 지독한 추위야. 사내는 위아래로 성큼성큼 걷고 발을 바닥에 대고 탕탕 치고 두 팔을 타작하듯이 마구 쳤다. 그러자 온기가 되살아났고 마음이 조금 놓였다. 그는 불을 피우려고 성냥을 꺼냈다. 덤불 사이에 지난봄 밀물에 떠밀려 온 마른 나뭇가지들이 꽤 있어서 땔감을 얻을 수 있었다. 그는 작은 불꽃을 조심스럽게 지펴 불길이 점점 세게 올라오도록 한 뒤 불 앞에서 얼굴에 붙은 얼음을 녹이고 비스킷을 먹었다. 잠시 동안 추운 공기가 한풀 꺾였다. 개는 온기에 만족해 몸을 쫙 펴고 불을 만끽하면서도 털이 그슬리지 않게 적당한 거리를 유지했다.

사내는 점심을 다 먹고 나자 불을 붙인 담배를 물고 아늑하게 휴식을 취했다. 그리고 나서 장갑을 끼고 모자를 눌러쓰고 모자에 붙은 귀마개를 내려 귀를 잘 덮은 후 강바닥을 따라 왼쪽 갈림길로 다시 접어들었다. 개는 실망했고 불이 그리운 듯 연방 뒤돌아봤다. 이 사람은 추위가 뭔지 잘 모르는구나. 아마 그의 모든 조상이 추위, 진짜 추위를 잘 모르나 보다. 어는 점보다 107도 낮은 진짜 추위 말이다. 그러나 개는 안다. 조상들은 진짜 추위가 어떤 것인지 알았고 지금 자신도 그 지식을 물려받았다. 이런 무서운 추위에 밖에 나가 걸으면 좋지 않다는 것을 그는 안다. 이럴 때는 눈 밑에 굴을 파고 아늑하게 누워 구름 장막이 추위를 몰고 오는 차가운 공기를 차단할 때까지 기다려야 했다. 그러나 지금 사내와 개 사이에는 친밀한 교감이 없었다. 개는 그저 사내의 명령에 따라 일하는 노예에 불과했다. 개가 받은 애무라고는 그저 채찍 세례와 그 채찍으로 위협하는 사나운 소리가 전부였다. 그래서 개는 자신이 감지한 것을 사내에게 알리려고 애쓰지 않았다. 개는 사내의 안전에 관심이 없었다. 아쉬워하면서 자꾸만 불을 뒤돌아본 것도 자신의 안전 때문이었다. 하지만 사내는 휘파람을 불고 채찍을 휘두르면서 개를 재촉했다. 개는 몸을 돌려 다시 사내의 뒤를 따라갔다.

사내는 다시 담배를 씹기 시작했고 수염은 다시 호박처럼 변했다. 그가 내뿜는 축축한 입김이 하얀 가루가 되어 구레나룻과 눈썹과 속눈썹에 달라붙었다. 헨디슨강 왼쪽 지류에는 샘이 그리 많지 않은 것 같았다. 삼십 분 동안 사내는 그런 흔적을 발견하지 못했다. 그러고 나서 일이 터졌다. 흔적이 전혀 보이지 않는 지점, 눈이 부드럽고 매끄러워 밑이 단단해 보이던 지점에서 그가 푹 빠졌다. 그리 깊은 곳은 아니었다. 비틀거리다가 단단한 표면 위로 얼른 올라와 보니 무릎 정도까지 젖어 있었다.

그는 화가 나서 자신의 불운을 큰소리로 저주했다. 저녁 6시까지 캠프에 도착해 동료들과 함께 있고 싶었는데 이렇게 되면 한 시간을 지체할 수밖에 없었다. 불을 피우고 젖은 신발과 양말을 말려야 하기 때문이었다. 이렇게 낮은 온도에서는 꼭 해야 하는 일이었다. 그도 그 정도쯤은 알았다. 그는 강 옆으로 나가 둑을 기어올랐다. 둑 위, 작은 전나무 밑둥치들이 엉켜 있는 덤불 속에는 밀물 때 밀려온 마른 땔감들이 있었다. 나무토막이나 잔가지가 대부분이었으나 가끔 커다란 마른 나뭇가지가 통째로 있거나 지난해에 자라난 잘 마른 풀들이 엉켜 있었다. 그는 눈 위에 커다란 마른 땔감 몇 조각을 던졌다. 바닥을 마른 땔감으로 다져 놓으면 작은 불꽃이 눈 속으로 스며들어 불이 꺼지는 것을 막을 수 있었다. 성냥을 호주머니에서 꺼내 작은 자작나무 껍질 조각에 대고 그으니 불꽃이 일어났다. 자작나무는 종이보다 더 잘 탔다. 깔아 놓은 땔감 위에 그것을 놓고 작은 불꽃에 마른 풀을 살살 펴서 얹었다. 바싹 마른 잔가지들도 조금씩 얹어 줬다.

그는 자신이 처한 위험을 예민하게 의식하면서 천천히 조심스럽게 불을 지폈다. 조금씩 불길이 세게 타오르자 그는 조금 더 큰 가지들을 그 위에 얹었다. 사내는 눈 위에 쪼그리고 앉아 덤불 속에서 엉클어진 잔가지들을 떼어 내 불꽃 위에 곧바로 얹었다. 절대로 여기에서 일이 잘못될 리 없었다. 영하 75도일 때 발이 젖으면 반드시 불을 피워야 한다. 발이 마른 상태에서 불을 피우지 못할 때에는 그대로 길을 따라 800미터쯤 달리면 혈액순환이 정상으로 돌아온다. 그러나 발이 젖고 얼어붙었을 때 영하 75도에서 달린다고 해서 회복되지는 않는다. 아무리 빨리 달려도 젖은 발은 점점 더 단단히 얼어붙을 뿐이다.

이 모든 것까지 그는 알았다. 설퍼 계곡의 선임이 지난가을에 그렇게 알려 줬고 지금 사내는 그 조언에 고마워했다. 이미 그의 발에서는 감각이 사라졌다. 불을 피우기 위해서 장갑을 벗었더니 어느새 손가락에서도 감각이 사라졌다. 한 시간에 6킬로미터씩 걸었기 때문에 심장이 뛰어 계속 피를 온몸과 발끝, 손끝까지 전달했더랬다. 그런데 걷기를 멈추자 심장박동이 느려지기 시작했다. 차가운 공기가 지구에서 보호받지 못하는 티끌을 강타했다. 그는 바로 지금 그 보호받지 못하는 티끌 위에 앉아 그 강타를 온몸으로 받고 있었다. 그 앞에서 몸 안의 피는 뒤로 물러섰다. 피는 개와 마찬가지로 살아 있었다. 그리고 무서운 강추위로부터 몸을 숨기고 자신을 뭔가로 감싸고 싶어 했다. 그가 한 시간에 6킬로미터씩 걸을 때만 피는 온몸을 돌아 손과 발에 온기를 전할 수 있었다. 그러나 지금은 피가 움츠러들면서 몸 안 저 깊은 곳으로 숨어들었다. 손끝과 발끝이 그런 기미를 제일 먼저 알아챘다. 젖은 발은 빠르게 얼어붙었고 노출된 손가락들은 아직 얼지 않았지만 빠르게 마비되어 갔다. 코와 뺨은 이미 얼었고 핏기를 잃은 살갗은 차가워지기 시작했다.

그러나 그는 안전했다. 불길이 점점 세게 타오른 덕분에 발가락과 코와 뺨은 그저 살짝 얼기만 했다. 사내는 손가락만 한 크기의 잔가지들을 불 위에 얹었다. 조금 지나자 손목만한 나뭇가지들을 불 위에 얹을 수 있었고 젖은 신발과 양말을 벗고 그것들이 마를 동안 처음에는 벗은 발을 눈으로 문지르고 다음에는 불 가에서 온기를 유지했다. 사내는 불을 지피는데 성공했다. 그는 안전했다. 그는 설퍼 계곡에서 선임이 한 말을 떠올리고 혼자 픽 웃었다. 선임은 영하 50도가 넘으면 누구도 클론다이크 지역을 혼자 여행해서는 안 된다는 것을 철칙으로 삼았다. 하지만 지금 어떤가. 그는 사고를 당했다. 그는 혼자였다. 그런데도 그는 안전하다. 선임들이란 여자처럼 나약하단 말이야, 다 그런 건 아니지만. 그저 생각만 잘하면 되는 거야, 그러면 안전하지. 누구든 사내라면 혼자서 여행할 수 있어야지. 물론 사내의 코와 뺨이 아주 쉽게 얼어 버린 것은 놀라웠다. 손가락도 이렇게 빨리 마비될 줄은 몰랐다. 손가락이 마비되니 잔가지를 집어 올릴 수 없었고 자신의 의지나 몸과 아무 상관없는 것처럼 느껴졌다. 잔가지들을 집고 나서 내려다봐야만 정말 자신이 그것을 만지고 있는지 알 수 있었다. 의식과 손끝을 연결하는 신경이 거의 끊어져 갔다.

그렇지만 그런 것들은 모두 그리 중요하지 않았다. 탁탁 소리를 내고 쩍쩍 갈라지고 춤을 추면서 생존을 약속하는 불이 타고 있었다. 그는 사슴 가죽신의 끈을 풀기 시작했다. 신발이 얼음으로 뒤덮여 있었다. 두꺼운 독일제 양말은 무릎에서 절반쯤 내려와 철로 만든 칼집처럼 얼어 있었다. 사슴 가죽신의 끈들은 화기에 오그라들고 비틀려서 강철 막대기 같았다. 얼마 동안 그는 마비된 손가락으로 끈을 잡아당기다가 그게 얼마나 바보 같은 짓인지 깨닫고 칼집에 든 칼을 꺼냈다.

그러나 그가 끈들을 잘라 내기 전에 그 일이 일어났다. 그것은 그의 잘못이었다. 아니, 그의 실수라고 말하는 편이 더 적절할 것이다. 그는 전나무 아래에 불을 피워서는 안 되었다. 공터에서 불을 피워야 했다. 덤불에서 잔가지들을 끌어내 곧바로 불 위에 얹는 것이 쉬웠기에 그는 나무 아래에 불을 피웠고 나무는 가지마다 눈을 잔뜩 짊어지고 있었다. 몇 주일간 바람 한 점 불지 않아 나뭇가지마다 눈이 휘어지게 쌓여 있었다. 그가 잔가지들을 끌어낼 때마다 나무는 조금씩 흔들렸다. 그는 미세한 흔들림을 감지하지 못했지만 그것은 재난을 불러오기에 충분했다. 나무 꼭대기 부근의 가지에 쌓여 있던 눈 덩어리가 아래로 떨어졌다. 이것은 바로 그 아래 나뭇가지 위에 떨어지면서 다시 더 큰 덩어리가 되어 떨어졌다. 이런 식으로 나무 전체에 흔들림이 퍼져 나갔다. 작은 눈덩이는 눈사태처럼 커졌고 아무런 예고도 없이 사내와 불 위로 쏟아져 내렸다. 그렇게 불이 꺼져 버렸다. 불이 타오르던 자리에는 방금 떨어진 눈이 어지럽게 흩어져 있었다.

사내는 기절할 듯이 놀랐다. 마치 사형선고를 받은 느낌이었다. 잠시 동안 그는 앉아서 불이 타오르던 자리를 멍하니 지켜보았다. 그는 차츰 침착해졌다. 그래, 설퍼 계곡의 선임이 한 이야기가 맞는지도 몰라. 여행의 동반자가 있었다면 그는 지금 위험을 벗어날 수 있었을 것이다. 친구가 다시 불을 피울 수 있을 테니까. 그래, 불을 다시 피우는 일은 친구에게 달렸을 테고 두 번째는 실패하지 않았을 것이다. 친구가 성공했다 해도 발가락 몇 개는 잃었겠지. 지금쯤 발이 지독하게 얼었을 테니까. 그리고 다시 불을 피울 때까지는 시간이 좀 걸리겠지.

이런 생각들이 오가는 동안 그는 앉아서 마냥 생각에 잠겨 있지는 않았다. 마음속에 이런 생각들이 스치는 동안 그는 내내 바빴다. 그는 다시 불 피울 자리를 만들었다. 이번에는 망할 놈의 나무 때문에 불이 꺼지는 일이 없게 공터에 피울 참이었다. 사내는 밀물 때 밀려온 허섭스레기들 속에서 마른 풀들과 아주 작은 가지들을 그러모았다. 그것들을 손가락으로 골라낼 순 없었지만 그래도 한 주먹 모을 수는 있었다. 그러다 보니 별로 좋지 않은 썩은 잔가지라든가 초록색 이끼 덩어리도 섞여 들었지만 달리 별 도리가 없었다. 그는 불길이 세지면 쓰려고 큰 나뭇가지들도 한 아름 긁어모으는 등 머리를 썼다. 그동안 개는 앉아서 그를 지켜보았다. 그를 불 피우는 사람으로 생각한 개는 불이 늦어지는 것에 대한 초조함과 갈망을 담아 그를 보았다.

모든 것이 준비되자 사내는 두 번째 자작나무 껍질 조각을 꺼내려고 호주머니에 손을 넣었다. 껍질은 분명히 호주머니에 있었다. 그것을 손가락으로 집지는 못해도 주머니를 더듬을 때 부스럭대는 소리가 들렸다. 그런데 아무리 애를 써도 껍질을 움켜쥘 수가 없었다. 그러면서도 그는 끊임없이 매 순간 발이 점점 더 얼어붙는 것을 의식했다. 이것이 그를 공포 속으로 몰아넣었다. 그는 공포를 이겨 내려고 애쓰며 평정을 되찾으려 했다. 그는 이로 장갑을 끌어당기고 두 팔을 앞뒤로 세차게 때리고 온힘을 다해 두 손을 옆구리에 대고 탁탁 쳤다. 앉아서 그렇게 하다가 일어서서 또 그렇게 했다. 그가 그런 짓을 하는 동안 개는 눈 위에 앉아 털이 수북한 꼬리로 앞발을 따뜻하게 보호하고 늑대처럼 예민한 귀를 앞으로 쫑긋 세운 채 사내를 지켜보았다. 사내는 손과 팔을 탁탁 치고 타작하듯 때리면서 털 속에 묻혀 따뜻하고 안전하게 보호받는 개를 바라보고 문득 가슴에 부러움이 차오르는 것을 느꼈다.

한동안 치고 때리니 손가락 끝에서 처음으로 감각의 신호가 찌르르 울렸다. 희미하게 울리던 신호가 점점 더 강해져 엄청난 통증을 동반했지만 사내는 비로소 마음이 좀 놓이기 시작했다. 그는 오른쪽 장갑을 벗고 자작나무 껍질을 꺼냈다. 노출된 손가락은 금세 다시 무감각해지기 시작했다. 그는 성냥 한 다발을 꺼냈다. 그러나 끔찍한 추위는 어느새 그의 손가락에서 생기를 모두 앗아 갔다. 그는 성냥 다발에서 한 개비만 떼어 내려고 애쓰다가 성냥을 몽땅 눈 속에 떨어뜨리고 말았다. 아무리 눈 속에 떨어진 성냥들을 다시 주우려 해도 헛일이었다. 죽은 손가락은 성냥을 만지지도 움켜쥐지도 못했다. 그는 아주 신중해졌다. 머릿속에서 발과 코와 뺨이 얼고 있다는 생각을 몰아내고 온정신을 단 하나의 성냥에만 집중했다. 촉각 대신 시각에 집중한 그는 손가락이 성냥 다발의 양 끝에 닿는 것이 보이자 그것을 감싸 안았다. 그러나 정확히 말하면 그렇게 하려고 마음먹었을 뿐 신경이 이미 끊어진 손가락은 그대로 따라 주지 않았다. 그는 오른손에 장갑을 낀 뒤 무릎에 대고 세게 쳤다. 그러고 나서 장갑을 낀 채 두 손으로 성냥을 눈과 함께 퍼 올려 무릎 위에 놓았다. 하지만 그 이상은 잘 되지 않았다.

그는 간신히 이리저리 애를 써서 장갑 낀 두 손의 손목 사이에 성냥 다발을 끼울 수 있었다. 그러고 나서 그것을 입으로 가져갔다. 얼어서 딱 붙은 입술을 억지로 떼려니 얼음이 탁탁 깨지고 갈라지는 소리가 요란했다. 그는 아래턱을 당기고 윗입술을 추켜올린 후 윗니로 성냥 다발을 문질러 한 개비를 떼어 내려 했다. 간신히 한 개비를 떼어 냈는데 그것이 그냥 무릎 위로 떨어지고 말았다. 상황이 나아진 게 없었다. 그것을 주울 수 없었기 때문이다. 그러자 묘안이 떠올랐다. 그는 이로 성냥을 물어 다리에 대고 그어 댔다. 스무 번쯤 애쓰니 간신히 불이 붙었다. 불꽃이 일어나자 그는 이로 성냥을 물고 자작나무 껍질에 갖다 댔다. 타오르는 유황 냄새가 그의 코와 폐로 들어가 사내는 발작적으로 기침을 했다. 성냥이 눈 속으로 떨어지면서 불꽃은 사라졌다.

설퍼 계곡의 선임이 옳았구나. 그는 고개를 쳐드는 절망을 달래면서 생각했다. 영하 50도의 추위에는 반드시 친구와 함께 길을 나서야 했다. 그는 손을 마구 쳤으나 아무런 감각도 돌아오지 않았다. 갑자기 그는 이로 두 손의 장갑을 벗었다. 그리고 성냥 다발을 손목 사이에 끼웠다. 아직 얼지 않은 팔 근육에 힘을 주니 성냥을 잡은 두 손목이 꽉 조였다. 사내는 성냥 다발을 다리에 대고 긁었다. 불꽃이 확 일었다. 성냥 70개비가 한꺼번에 불꽃을 일으키다니! 바람이 없어 불꽃이 꺼질 염려는 없었다. 연기에 질식사하지 않으려고 고개를 옆으로 돌린 채 그는 타오르는 성냥 다발을 자작나무 껍질에 갖다 댔다. 그러는 동안 손의 감각이 되살아나는 느낌이 들었다. 살이 타고 있었다. 살이 타는 냄새가 났다. 그는 살갗 저 깊숙이 그것을 느낄 수 있었다. 감각은 점차 아픔으로 변했고 아픔은 점차 심해졌다. 그래도 그는 여전히 고통을 참고 나무껍질에 간신히 불꽃을 댔지만 불이 쉽게 붙지 않았다. 불꽃이 대부분 타고 있는 손으로 빨려 들었기 때문이다.

마침내 그는 더 이상 견딜 수 없어 손목을 탁 놓아 버렸다. 불타던 성냥 다발은 곧 눈 속에서 잦아들었으나 껍질에 불은 옮겨 붙었다. 사내는 불꽃 위에 마른 풀과 잔가지 들을 올려놓았다. 두 손목 사이에 땔감들이 끼여 있어 그는 그것들을 잡을 수도 골라낼 수도 없었다. 잔가지들에 작은 썩은 나뭇조각들과 초록색 이끼들이 달라붙어 있어서 그는 가능한 그것을 이로 물어서 떼어 냈다. 그는 불꽃을 조심스럽게 그리고 아슬아슬하게 간직했다. 그것은 생명이었고 절대로 사그라지면 안 되었다. 살갗에서 핏기가 가시면서 그는 심하게 떨기 시작했고 그만큼 불꽃을 간직하기가 어려워졌다. 작은 불꽃 위로 커다란 초록색 이끼 조각들이 툭 떨어졌다. 그는 이끼를 치우려고 손가락으로 폭폭 쑤셨는데 흔들리는 불꽃 때문에 너무 푹 쑤시다가 작은 불꽃의 중심을 건드렸다. 그 바람에 타고 있던 풀과 잔가지 들이 갈라지면서 흩어졌다. 그는 다시 그것들을 모아 보려고 했으나 정신을 집중했는데도 몸을 심하게 떨다가 오히려 가망 없이 더 흩어 놓고 말았다. 잔가지들이 연기를 훅 뿜어내면서 불꽃이 사라졌다. 불 피우는 일은 실패했다. 그는 냉담하게 주변을 돌아보았고 마침 꺼진 불의 건너편에 앉아 있는 개에게 시선이 닿았다. 개는 눈 속에서 불안하게 몸을 웅크린 채 움직였는데 두 앞발을 교대로 조금씩 들었다 내렸다 했고 그럴 때마다 뭔가를 간절히 열망하듯 몸무게가 앞으로 쏠렸다가 뒤로 쏠렸다가 했다.

개를 보자 그의 머릿속에 야만적인 생각이 떠올랐다. 눈보라 속에 갇힌 남자가 황소를 죽여 그 몸 안에 기어들어 갔더니 안전했다는 이야기를 언젠가 들은 적이 있었다. 개를 죽여 그 따스한 몸속에 두 손을 넣고 있으면 마비 증상이 풀리겠지. 그러면 다시 불을 피울 수 있지 않을까. 그는 개를 부르면서 말을 걸어 보았다. 그러나 그의 목소리에 이상한 두려움이 배어 있어 개는 어쩐지 무서웠다. 전에는 그가 그런 식으로 불렀던 적이 한 번도 없었기 때문이다. 일이 잘못되고 있구나. 의심 많은 본능이 위험을 감지했다. 어떤 종류의 위험인지는 정확히 몰라도 개의 머릿속 어딘가에, 어떤 식으로든 사내를 포착하는 기능이 있었다. 개는 사내의 목소리에 귀를 납작하게 내리고 불안하게 웅크린 자세로 앞발을 교대로 바꾸면서 몸을 더 심하게 움직였다. 그러면서도 사내에게 다가오지는 않았다. 그는 손바닥과 무릎으로 기어서 개에게 다가갔다. 예사롭지 않은 그의 자세는 의심을 더욱 부채질했고 개는 점잖게 옆으로 비켜났다.

사내는 눈 속에서 잠시 허리를 펴고 앉아 마음을 가다듬느라 애썼다. 그러고는 이로 장갑을 다시 끌어당긴 후 일어섰다. 그는 자신이 정말 일어섰는지 확인하려고 우선 아래로 힐끗 시선을 던졌다. 감각이 없어졌기 때문에 발이 땅에 닿았는지 알 수 없었다. 그가 일어선 것을 보고 일단 개는 의심을 지워 버렸다. 이어서 그가 채찍 소리 같은 목소리로 단호하게 말을 걸자 개는 늘 그랬듯이 명령에 순순히 따르며 그에게 다가왔다. 잡을 수 있는 거리까지 개가 다가왔지만 사내는 몸을 제대로 가누지 못했다. 그는 개를 향해 팔을 쭉 뻗으면서 깜짝 놀랐다. 손가락이 굽어지지 않고 감각도 없어져 아무것도 잡을 수 없었다. 그는 잠깐 동안 손가락이 얼었다는 것과 그것이 점점 더 심하게 얼고 있다는 것을 깜박 잊었다. 이런 일들이 순식간에 일어났고 개가 도망치기 전에 그는 두 팔로 개를 끌어안았다. 그는 그 자세로 눈 위에 주저앉았고 그의 품에서 개는 으르렁대고 낑낑대면서 발버둥쳤다.

그러나 두 팔로 개를 끌어안고 눈 위에 주저앉는 것, 그것이 그가 할 수 있는 전부였다. 그는 개를 죽일 수 없다는 것을 깨달았다. 그럴 수 있는 방법이 없었다. 손이 말을 듣지 않으니 칼을 잡을 수도 없고 놈의 목을 조를 수도 없었다. 사내는 개를 놓아줬다. 놈은 꼬리를 다리 사이에 감추고 여전히 으르렁거리면서 황급히 달아나 버렸다. 개는 10미터쯤 떨어진 자리에서 귀를 앞으로 쫑긋 세우고 도대체 저 사람이 왜 그러는지 살폈다. 사내는 손이 어디 있는지 내려다보고 팔 끝에 제대로 매달려 있는 것을 발견했다. 손이 어디에 붙어 있는지 알아내기 위해 눈으로 살펴야 한다는 것이 이상하게 느껴졌다. 그는 두 팔을 앞뒤로 매질하듯이 치고 두 손을 옆구리에 대고 탁탁 쳤다. 오 분 정도 격렬하게 치다 보니 심장의 피가 다시 살갗으로 퍼지면서 몸이 떨리지 않았다. 그러나 손의 감각은 되살아나지 않았다. 두 손이 팔 끝에 저울추처럼 매달려 있는 느낌이었다. 그러나 그런 느낌마저 몰아내면 손이 어디에 있는지 알 길이 없었다.

죽음의 공포가 무겁고 칙칙하게 몰려왔다. 이제는 더 이상 발가락이나 손가락이 얼고 손이나 발을 잃는 문제가 아니라 죽느냐 사느냐의 문제였다. 삶보다 죽음의 가능성이 더 크다는 것을 깨달았을 때 공포가 그의 폐부를 재빨리 통렬하게 찔렀다. 광적인 두려움에 휩싸인 사내는 몸을 돌려 희미하게 드러난 오래된 길을 따라 강바닥을 내달리기 시작했다. 개는 뒤따라 합세해 그와 보조를 맞췄다. 사내는 지금까지 한 번도 경험한 적 없는 공포 속에서 아무 생각 없이 무작정 달렸다. 그는 눈 속을 헤치고 넘어지면서 풍경을 천천히 다시 보기 시작했다. 개울둑, 친숙한 목재 숲, 잎이 다 떨어진 가문비나무 그리고 하늘. 달리다 보니 기분이 조금 나아졌다. 더 이상 몸이 떨리지도 않았다. 아마 이런 식으로 달리다 보면 발이 녹을지도 모르겠다. 어쨌든 계속 달리면 캠프에 도착해 동료들을 만나겠지. 틀림없이 손가락과 발가락 몇 개 그리고 얼굴의 일부를 잃겠지. 그렇지만 캠프에 도착하기만 하면 동료들이 돌봐 줄 거고 그 후에도 보호해 주겠지. 그러면서도 한편으로는 캠프와 동료들에게 결코 되돌아갈 수 없을 것 같은 느낌이 들었다. 그곳까지는 몇 킬로미터가 남아 있고 여전히 추위 때문에 그는 얼고 있었고 결국 온몸이 뻣뻣이 굳어 죽을 것이다. 깊은 곳에 이런 생각이 도사리고 있었지만 그는 떠올리지 않으려고 애썼다. 때로 이런 생각이 심층을 뚫고 나와 귀에 들리는 듯했지만 그는 애써 부정하고 다른 생각을 하려고 했다.

발이 너무나 꽁꽁 얼어 땅에 닿아 있는지 몸무게를 지탱하고 있는지 전혀 느낌이 없는데도 그런 발로 여전히 달릴 수 있다는 게 신기했다. 땅과 접촉하지 않고 그저 표면 위를 스치고 날아가는 듯했다. 어딘가에서 날개 달린 헤르메스를 본 적이 있는데 그가 땅 위를 스치듯 날아다닐 때 바로 이런 기분이 아니었을까.

그런 식으로 캠프와 동료들에게 달려갈 수 있다고 믿은 사내의 이론에는 결함이 하나 있었다. 얼마나 버틸 수 있는가 하는 지구력이었다. 그는 몇 번이나 걸려 넘어졌다. 그러고는 뒤뚱뒤뚱 걷다가 비틀거렸고 마침내 쓰러졌다. 일어나 보려고 애썼으나 몸이 말을 듣지 않았다. 사내는 앉아서 쉬기로 결정했다. 쉬고 난 후에 그냥 걸어서 계속 가는 거야. 앉아서 한숨 돌리고 있으니 온기와 편안함이 그를 감쌌다. 몸도 떨리지 않았고 가슴과 온몸에 따뜻한 기운이 퍼지는 듯했다. 하지만 코와 뺨을 만져 보면 감각이 없었다. 달리기는 코와 뺨을 녹이지 못했다. 손과 발을 녹이지도 못했다. 그러자 오히려 그동안 몸이 더 언 것이 아닌가 하는 의심이 들었다. 그는 불길한 생각을 억누르고 잊어버리고 다른 생각을 하려 애썼다. 생각이 불러일으키는 공포와 혼란을 의식했고 공황을 두려워했다. 그러나 자꾸만 끈질기게 생각이 떠올라 마침내 그는 몽땅 얼어버린 자신의 모습을 보고 말았다. 이건 너무해. 사내는 다시 일어나 길을 따라 미친 듯이 달리기 시작했다. 그는 한번 속도를 늦췄다가 몸이 점점 얼어붙어 간다는 생각에 다시 달리기 시작했다.

개는 사내의 뒤에서 내내 함께 달렸다. 사내가 두 번째로 넘어지자 개는 꼬리를 앞발에 휘감고 그의 앞에 앉아 무슨 일인지 알아내겠다는 듯 진지하게 사내를 보았다. 얼지도 않고 온기를 지닌 채 안정된 개를 보자 사내는 분노가 치솟았다. 그는 개에게 마구 욕설을 퍼부었고 개는 그를 달래듯 귀를 납작하게 늘어뜨렸다. 이번에는 사내가 온몸을 사시나무처럼 떨었다. 그는 동상과의 싸움에서 지고 있었다. 냉기가 그의 온몸 구석구석으로 파고들었다. 얼어 죽는다는 생각에 그는 다시 달렸다. 그러나 이번에는 30미터를 못 가서 비틀거리며 앞으로 넘어졌다. 사내의 마지막 공포였다. 정신 차리고 숨을 돌린 그는 똑바로 앉아서 이제 죽음을 위엄 있게 맞겠노라고 그 상황을 받아들였다. 그러나 그 생각이 실제로 꼭 그렇게 실현되지는 않았다. 그는 지금까지 자신이 바보처럼 굴었다고 생각했다. 마치 머리를 잘린 닭이 이리저리 치닫듯이 굴었다. 그래, 그게 어쨌다는 말인가. 결국 그는 얼어 죽을 것이다. 이제 죽음을 위엄 있게 맞이하자. 일단 이렇게 마음을 먹으니 마음이 평안해지고 졸음이 오기 시작했다. 자다가 죽는 것도 좋은 생각이구나. 그건 마취제를 먹는 것과 같다. 얼어 죽는 게 생각처럼 나쁜 것만은 아니다. 이보다 더 나쁘게 죽는 경우가 얼마나 많은가.

사내는 다음 날 동료들이 그를 찾기 위해 수색하는 장면을 떠올렸다. 그는 동료들과 함께 썰매 길을 따라가며 그 자신을 찾고 있었다. 동료들과 함께 길을 한 바퀴 돌아 나오다가 눈 속에 누워 있는 자신을 발견했다. 그는 더 이상 자신의 몸에 속해 있지 않았다. 그때쯤이면 사내는 몸에서 빠져나와 눈 속에 있는 자신을 바라보며 서 있을 것이었다. 날씨가 정말 춥구나. 이렇게 생각하면서. 고향에 돌아가면 진정한 추위가 어떤 것인지 사람들에게 말해 줄 수 있으리라. 그는 이런 상상을 하면서 다시 설퍼 계곡의 선임을 떠올렸다. 따뜻한 곳에서 편안히 파이프 담배를 즐기는 그의 모습이 선명하게 떠올랐다.

"당신이 옳았어요, 선배. 당신이 옳았어요."

그는 설퍼 계곡의 선임에게 중얼거렸다.

그러고 난 후 사내는 지금까지 한 번도 겪어 본 적 없는 가장 편안하고 만족스러운 잠 속으로 스르르 빠져들기 시작했다. 개는 그를 바라보며 앉아서 기다렸다. 느릿느릿 다가오는 긴 황혼 속에서 짧은 하루가 끝나 가고 있었다. 불이 지펴질 기미는 전혀 보이지 않았다. 게다가 사람이 눈 속에 앉아 불도 피우지 않는 것을 개는 한 번도 본 적이 없었다. 황혼이 저물자 불을 쬐고 싶은 개의 안타까운 열망은 점점 줄어들었고 그 대신 개는 앞발을 교대로 크게 들었다 놓았다 하면서 부드럽게 낑낑거렸다. 개는 귀를 납작하게 붙이고 주인의 꾸중을 기다렸다. 그러나 주인은 말이 없었다. 잠시 후, 개는 크게

껑껑거렸다. 조금 더 지난 후 사내에게 살금살금 걸어간 개는
죽음의 냄새를 맡았다. 그 냄새에 개는 털을 곤두세우고 뒤로
펄쩍 물러섰다. 추운 하늘에서 펄쩍 뛰고 춤을 추고 밝게 빛
나는 별들 아래, 개는 큰 소리로 길게 짖으면서 잠시 더 기다
렸다. 그러고는 돌아서서 그가 아는 캠프로 가는 길을 따라
터벅터벅 걸었다. 그곳에는 불을 지펴 주고 먹을 것을 주는 또
다른 사람들이 있을 것이다.

야생에 대한 탐색과 작품 세계

19세기 말에 태어나 20세기 초에 많은 작품을 발표했던 잭 런던은 미국 문학에서 전환기적 근대정신을 가장 적극적으로 표현한 작가이다. 그는 다윈의 적자생존, 니체의 초인 사상, 프로이트의 무의식, 마르크스의 유물론적 사회의식 등 당대에 태동한 급진 사상을 실제 삶 속에서 강렬하게 체험하고 거침없이 재현했다. 그래서 여전히 보수적 유럽 전통이 강했던 모더니즘 시대를 지나 1950년에 이르러서야 재평가를 받았다. 그가 살았던 시대는 미국 문단에서 스티븐 크레인이 죽고, 헨리 제임스와 마크 트웨인은 생존했으나 작품의 수명이 끝났고, 시어도어 드라이저는 아직도 인정받기 위해 애를 쓰던 때였다. 잭 런던은 1903년, 스물일곱 살에 『야성의 부름』이라는 소설로 세계적인 명성을 얻었다. 그 후 사십 년이라는 짧은 생애 동안 소설 8권을 포함하여 40권에 이르는 단편집, 수필, 특파원 기사 등을 집필한 그는 정력과 상상력이 뛰어난 작가였다.

잭 런던은 샌프란시스코에서 미혼모인 플로라 웰먼의 사생아로 태어나, 후에 양아버지의 성을 따서 '런던'이라는 성을 갖게 되었다. 생부에게 거부당한 아픈 기억을 지닌 잭 런던은 모험을 좋아했고 누구보다도 기존 틀에 갇히기를 원치 않은 자유정신의 소유자였다. 1886년 오클랜드로 이주해 가난한 떠돌이 생활을 했고 스스로 사회의 추방자가 되어 방랑의 운명을 긍정적 글쓰기로 일궈 냈다. 어릴 때부터 많은 책을 탐독하고 독학했으며 열세 살 때 학교를 그만두었다가 육 년 뒤 복학해 고등학교를 마쳤다. 통조림 공장에서 일했고, 굴 양식장을 습격했고, 일본과 베링해로 가는 바다표범잡이 범선을 타기도 했다. 버클리 대학을 한 학기 등록했다가 그만두고 1897년 클론다이크 골드러시에 참여해 알래스카로 갔다.

다른 사람들이 금에 눈독을 들일 때, 런던은 대자연의 위력과 혹한의 모험을 하나하나 몸에 새기고 돌아와 소설을 쓰기 시작했다. 여기저기 신문과 잡지에 단편을 기고하던 그는 드디어 1903년 유콘강에서의 경험을 바탕으로 쓴 『야성의 부름』으로 베스트셀러 작가가 되었다. 이 작품은 "전 세계의 위대한 개 이야기들 가운데 가장 인기 있는 장편," 혹은 그에게 '국제적 명성'을 안겨 준 작품이라는 찬사를 얻었다. 이어서 그는 니체의 초인 사상을 라르센 선장을 통해 구현한 『바다 늑대』와 가장 뛰어난 단편소설 「불을 지피다」로 미국 자연주의 문학에서 지울 수 없는 한 자리를 차지하게 되었다.

런던의 야성에 대한 탐색에는 두 가지 면이 있다. 하나는 문명을 반성케 하는 동기로서 본능적 야성과 초인 사상을 연결하는 것이고 나머지 하나는 사회적 정의의 실천이다. 자신이 떠돌이 노동자로 겪은 경험에 바탕을 두었기에 그는 에머슨적 혹은 니체적 초인의 능력 개발과 그런 정의를 왜곡하는 사회 비판이라는 두 마리 토끼를 동시에 좇아야 했다. 사회정의를 다룬 작품으로는 1908년에 나온 『강철 군화』를 들 수 있다. 여기에서 그는 만족할 만한 세계 질서가 수립되기 전에 맞게 될 자본주의와 사회주의의 통렬한 싸움을 예견했다. 그리고 자전적 소설 『마틴 이던』에서 미국의 성공 신화인 명예와 돈으로는 결코 사랑을 얻지 못한다는 개츠비적 비극을 그렸다.

노동자로 태어나 돈을 가장 잘 버는 작가가 된 런던은 만년에는 계급적 소외감을 느끼며 주로 목장에서 자신이 가장 사랑했던 자연을 즐기며 살았다. 그의 자연주의는 당대의 크레인이나 드라이저와 달리 인간을 진화론적 관점에서 보면서도 본능의 희생물로 전락시키지 않는다. 그보다는 적자생존의 환경에서 살아남는 초인적 의지와, 본능의 세계가 이성을 지배하는 프로이트적 관점, 그리고 이런 관점에서 사회를 개혁하려는 마르크스적 사회의식과 결합된다. 물론 이론이 아니라 소설이었기에 현실이 초인을 수용하지 못하는 한계를 보여 줬지만 무엇보다 그가 야성을 거부하지 않고 인간과 야성을 분리하지 않았기에 오늘날 그의 작품을 생태 문학의 범주로 해석할 수 있는 것이다. 다시 말해 야성 혹은 자연은 그에게 극복이나 착취의 대상이 아니라 인간 본성이고 더불어 사는 윤리의 초석이었다.

　그는 1904년 2월부터 6월까지 러일전쟁을 취재하는 종군기자로서 일본을 거쳐 구한말 제물포항에 도착했다. 그리고 말을 타고 부산에서 평양을 거쳐 만주 안동(지금의 중국 단둥)에 이르는 취재 여행을 했다. 당시 그가 여기저기에 썼던 러일전쟁 취재 기사는 전쟁 그 자체보다 일본과 조선, 중국 그리고 나이기 황인종과 백인종의 미래를 진단하고 예견하는 글들이다. 일본에 합병될 무기력한 조선의 운명, 강한 무사의 나라 일본, 그리고 현실적인 장사꾼의 나라 중국, 사회주의혁명을 눈앞에 둔 무기력한 러시아의 패배 등 런던의 안목은 언제나 그렇듯이 칼날같이 날카롭다. 특히 1904년 당시 조선의 상황을 스케치한 글은 오늘날 우리가 과거를 반성하고 현재의 문제점을 돌아보도록 만든다.

　자연의 강렬한 생명력에 바탕을 두고 시를 썼던 포스트모더니즘 시인 제임스 디키는 런던을 "자연 세계에서 생존하려는 무의식적 충동을 작가 개인의 창의력과 연관시켜서 가장 잘 그려 낸 작가."[1]라고 평했다. 미국 문학사에서 그는 '19세기적 경향의 최고점에 달한 사람'으로 기록된다. 이제 그의 대표 작들을 통해 작품 세계에 좀 더 밀도 깊게 접근해 본다.

---

[1] "Few man have more convincingly examined the connection between the creative powers of the individual writer and the unconscious drive to breed and to survive, found in the natural world."(스타 로버(New Yorker: The Modern Library, 2003))

1 문명과 야만성:『야성의 부름』

왜 그토록 많은 사람들이 이 소설을 읽는가. 무엇이 이 소설을 잭 런던의 최고 작품으로 만드는가. 주인공은 개이다. 개에 관한 이야기, 아니 개가 들려주는 이야기가 인간의 삶과 무슨 관계가 있는가. 소설의 역사에서 개의 시점으로 인간을 서술한 장편은 흔치 않은데, 잭 런던은 '벅'이라는 개를 니체적 초인으로 그리고 있다. 문학이 갖춰야 할 모든 것을 보여주는『야성의 부름』에는 소설적 감동과 재미가 배어 나온다.

우선 잘 짜인 플롯 속으로 들어가 보자. 벅은 문명 세계를 상징하는 밀러 판사의 집에서 곤봉과 송곳니가 지배하는 야성의 세계로 추락한다. 그는 한 단계씩 추락하면서 죽음의 직전에 이른다. 페로와 프랑수아가 주인이었던 정부의 특급 배달 우편 썰매를 끌 때는 정의로운 주인 밑에서 단련받고 보람 있는 일을 한다. 그다음에는 황금을 찾는 사람들의 가족과 친지의 우편물을 배달하는 일을 하는데 벅은 단조롭고 고된 일로 완전히 녹초가 된다. 마지막에 개들을 헐값에 산 엉터리 주인은 가장 무능하고 허세뿐인 사람들로 썰매개들을 죽음으로 몰아넣고 오직 벅만이 살아남는다.

이렇듯 플롯은 하강을 거듭하면서 벅이 거의 죽음 직전까지 이르고 거기에 강한 의지로 저항하는 모습을 보여 준다. 플롯은 가장 밑바닥까지 내려갔다가 다시 상승한다. 그리고 이 부활과 사랑의 절정에서 다시 하강을 맞으며 작품이 끝난다. 손턴에 대한 사랑을 증명한 내가로 결국 손턴을 잃게 되는 절정에는 아이러니와 반전이 숨어 있다. 내기로 얻은 돈 때문에 손턴은 새로운 모험을 할 수 있었고 그것은 결국 벅이 손턴을 잃고 야성의 세계로 돌아가게 만든다. 마지막에 벅이 야성의 부름에 응하면서도 문명의 산물인 손턴에 대한 사랑을 간직하고 추모하는 모습에 비극적 결말이 응축되어 있다.

하강과 상승 곡선이 방향을 바꿀 때마다 그에 맞는 극적 정당성이 암시된다. 치밀하게 서술되고 빈틈없이 잘 짜인 이 소설에는 극의 보편적 요소들도 있다. 우선 사랑을 발견하고 사랑의 비극을 그린 이야기로 읽어 보자.

(1) 사랑 이야기

벅은 온갖 시련을 겪고 용기와 의지와 능력으로 대장이 되었기에 새로운 주인 손턴과의 사랑을 누릴 수 있었다. 개와 인간의 사랑이지만, 오히려 그렇기에 이 소설은 에로스의 가장 원초적인 모습을 보여 준다. 사랑은 문명의 산물이다. 관습과 제도 때문에 인간과 인간의 사랑에는 환상과 허위가 개입된다. 그러나 인간과 개, 손턴과 벅의 사랑은 관습이나 돈이나 제도의 지배를 받지 않는 가장 열정적이며 순수한 에로스의 극치이다. 사랑이 은밀하고 저속하며 육체적인 상처를 남기는 것처럼 손턴은 벅에게 은밀한 욕설을 들려주고 벅은 손턴의 손에 이빨 자국을 내는 식으로 사랑을 표현한다. 사랑은 함께 시간을 보내며 놀아 주는 것이다. 둘은 언어가 아니라 행동으로 마음을 읽고 그래서 오해가 없다. 사랑은 누구와도 나

눌 수 없는 절대적인 것이다. 절벽 아래로 떨어지라는 주인의 명령에 벅이 그대로 하려는 것을 보면서 손턴의 친구들은 "무시무시하다."라고 말한다. 이처럼 다른 사람들과는 티끌만큼도 나눠 가질 수 없는 것이 에로스다.

사랑은 서로를 위해 베푸는 것, 서로의 생명을 지켜 주는 것이다. 벅이 손턴을 그토록 사랑한 것은 그가 가장 이상적인 주인이었기 때문이기도 하지만 무엇보다 자기를 살려 주었기 때문이다. 프로이트의 말처럼 사랑은 죽음 충동을 삶 충동으로 바꾸는 행위이다. 똑같이 벅도 물에 빠진 손턴을 목숨을 걸고 구출해 냈다. 아마 런던은 자신이 누리고 싶었던 이상적인 사랑을 벅을 통해 재현하고 싶었는지도 모른다. 그러나 벅과 손턴의 에로스도 문명 세계에서 완전히 벗어나지는 못한다. 문명은 모험심이 강한 사람들에게 증명을 요구한다. 문명 세계에서 허구가 개입된 사랑은 증명을 요구받는다. 자칫 이 요구는 순간적으로 정도를 넘어서 서로를 죽게 만들기도 한다. 삶 충동은 죽음 충동과 분리되지 않는 하나의 리비도이기 때문이다.

손턴은 벅의 능력을 사랑의 힘으로 증명하고 싶었고 벅은 그것을 증명한다. 그러나 이 감동적인 사랑의 승리는 이별의 불씨를 낳는다. 내기에 이겨 돈이 생기자 손턴은 미지의 세계로 모험을 떠나고 그 모험은 그의 목숨을 앗아 간다. 벅 역시 주인이 금을 얻고 할 일이 없어지자 야성의 부름에 이끌린다. 그리고 둘은 영원히 세상을 달리한다. 이 소설에서 돈은 에로스를 가로막고 야성을 거스르는 문명 세계의 가장 큰 허상이

다. 자크 라캉이 말했듯이 돈과 언어는 문명 세계에서 가장 절대적이면서도 그렇기에 가장 허구적인 텅 빈 초월 기표이다.

(2) 초인의 자격

상상력

문명은 야만성에서 벗어나기 위해 법과 언어를 통해 문화를 창조하고 이성을 중시한다. 그런데 이런 합리성은 원래 의도대로 되지 않고 여전히 불평등과 폭력에 노출된다. 문명은 불안으로부터 결코 자유롭지 못하다. 다윈의 '적자생존'이라는 원시 논리가 여전히 문명 세계를 지배한다. 벅은 밀러 판사댁이라는 세련된 귀족 세계를 떠나 극지방이라는 곤봉과 송곳니의 세계로 들어간다. 약자와 여성을 보호하는 문명 세계가 아니라 죽느냐 사느냐가 오직 자신의 힘에 달린 원시 세계로 입문한다. 약하거나 비굴하면 보호받거나 사랑받는 것이 아니라 잡아먹힌다. 무조건 강해야 하고 정확한 판단력이 있어야 하고 불의에 저항하는 용기가 있어야 한다.

곤봉의 논리를 재빨리 터득한 벅은 동료 개들 가운데서 살아남을 뿐 아니라 대장까지 된다. 그 길은 험난하다. 무조건 힘만 세서는 안 되고 상황을 판단하고 그에 재빨리 대처하는 순발력이 필요하다. 비굴해서도 안 되지만 무모하게 대들어서도 안 된다. 그가 일인자 자리를 놓고 스피츠와 대결하는 모습에서는 니체적 힘(혹은 권력)의 의지가 드러난다. 틈틈이 비열하게 습격하는 스피츠는 냉철하고 계산적이다. 반면 벅은 열정적이며 결정적인 순간에 계산이 아닌 전략을 펼 줄 안다. 입맛을 다시는 사나운 개 떼에 둘러싸여 둘이 격전을 펼치는 긴장된 순간, 불리한 위치에 있던 벅은 차가운 계산이 아닌 창의력으로 적을 패배시킨다.

그러나 벅에게는 위대한 대장이 될 수 있는 기질이 있었다. 그것은 창의력이었다. 그는 본능적으로도 싸울 수 있었으나 또한 머리로도 싸울 수 있었다. 그는 어깨 충돌 작전을 다시 시도하는 듯하다가 마지막 순간에 몸을 눈 속에 파묻듯 납작 수그렸다. 그의 이빨이 스피츠의 왼쪽 앞발에 가 닿았다.

스피츠는 비열하게 습격하고 벅은 그것을 당당하게 물리친다. 전자가 라이벌을 두려워하여 제거하려 한다면 후자는 머리를 써서 그와 대결한다. 런던은 이것을 상상력(imagination)이라고 표현한다. 이는 런던의 모든 문학에서 핵심이 되는 단어이다. 인간의 몸은 자연의 일부지만 그를 뛰어넘는 상상력을 지닐 때 초인이 된다. 몸은 뱀이지만 머리는 독수리이다. 이것이 니체가 말한 차라투스트라의 초인적 힘이다. 힘은 반드시 상상력과 함께해야 한다. 단편 「불을 지피다」에서 주인공이 불을 피우지 못하고 추위에 지는 세 가지 이유 중 하나는 그에게 단순한 수학적 계산을 하는 머리만 있고 그것을 넘어서는 상상력이 없기 때문이다.

그는 막 도착한 신참, '알래스카의 신참'이었고 그에게는 올해가 첫 겨울이었다. 그의 문제점은 상상력이 없다는 것이었다. 그는 살면서 사물에 대해서는 머리가 빨리 돌아갔고 재빠르게 반응을 보였지만 오직 사물에 대해서만 그럴 뿐 중요한 의미를 만들어 내는 데는 그러지 못했다. (……) 자신이 기온에 민감한 나약한 동물이라는 것을, 인간이란 극히 제한된 범위의 더위와 추위 속에서만 살 수 있는 아주 부서지기 쉬운 동물이라는 것을 생각하지 못했다. 여기서 한 걸음 더 나아가 그는 광활한 우주에서 인간의 위치와 불멸성 등을 사유하는 데 무감각했다.

그는 추위를 그저 온도계 수치로만 알 뿐 현실에서 어떤 변수가 있는지 모른다. 그래서 몸이 얼어붙는 추위에 꼼꼼히 따져서 불을 피웠지만 나무 아래에 피웠기 때문에 실패하고 만다. 이처럼 런던은 초인의 조건으로 야성과 함께 상상력을 요구한다. 런던의 작품에서 상상력은 야성의 세계에서 살아남는 적자생존의 주요 조건이며 힘의 의지이다.

친구 혹은 사랑

초인이 되기 위한 두 번째 조건은 친구를 사귈 수 있는 사회적 소통능력이다. 단편 「불을 지피다」에서 주인공은 추위에서 살아남으려면 반드시 친구와 함께 가라는 선임의 충고를 무시한다. 그가 나무 밑에서 불을 피우는 실수를 하고 몸이 얼어 더 이상 불을 피우지 못할 때 옆에 친구가 있었다면 도움을 받을 수 있었을 것이다. 마르크스의 애독자였던 런던의 초인 정신은 언제나 사회적 협동이나 이상적인 팀워크와 연결된다. 이상적 노동의 조건은 무엇인가. 『야성의 부름』에서는 개 열두 마리가 공정한 주인을 만나 하나의 끈에 묶여 한 마리처럼 달리는 것이다. 이 부분이 독자에게 감동을 준다. 벅이 스피츠와 싸워 이겼을 때 그는 당연히 대장 자리를 요구한다. 그것을 부정하려던 프랑수아에게 저항하는 벅의 용기와, 그 자리를 차지했을 때 그가 보여 주는 준엄한 힘 혹은 능력은 바로 사회가 본받아야 하는 곤봉과 송곳니의 질서이다. 원시 세계는 힘과 그에 맞는 정당한 대우와 준법정신을 요구한다. 첫 단추를 잘못 끼우면 그다음 질서도 엉망이 되기에 벅은 강렬히 저항해 자신의 능력을 인정받는다. 우리가 사는 세상은 그런가. 자신 없고 두려워서 스피츠처럼 비열하게 대장 자리를 차지하려는 사람은 없는가. 런던은 썰매 끌기에서 이상적인 팀워크를 보여 주고 인간들의 질서에 대해 반성케 한다.

이상적인 팀워크란 모든 사람이 공평한 대우를 받는 것이 아니다. 그것은 혼돈이다. 각자 능력에 따라 위치가 정해진다. 대장에게는 그만한 자격이 있어야 하고 그보다 약한 개에게는 자기 자리가 있다. 일단 서열이 정해지면 대원들은 대장의 명령 체계에 따라 움직인다. 이것이 개 열두 마리가 한 마리처럼 달려서 능률을 최고로 올릴 수 있는 조건이다. 자유는 능력에 따라 서열이 공정하게 정해지고 각자 자신의 위치에서 최선을 다하면서 그 일에 자긍심을 가질 때 누릴 수 있는 최상의 선물이다. 아첨도 뇌물도 없고 반대로 무시도 없다. 데이브가 병들어 죽어 가면서도 자신의 일과 이별하지 못하는 장면에서 독자는 가슴 아파한다. 대원들이 각자의 능력에 맞게 자리 매김을 하려면 그만한 능력이 있는 대장이 필요하다. 이것이 런던의 초인이다.

벅은 상황에 대한 정확한 판단, 상상력, 부당한 대우에 대한 저항, 앞날에 대한 정확한 예견 능력을 지녔다. 얼음이 깨지는 강바닥으로 끌려들기를 거부하고, 죽기 직전까지 곤봉에 맞아 가면서도 끝까지 버티는 벅의 모습은 숭고하다. 그래서 우리는 동물인 벅에게 주인공의 인격을 부여한다. 그는 런던이 원하는 인간형이다. 야성에 바탕을 두고 상상력과 사회적 정의를 실천하려는 의지의 초인이다.

벅은 돈에 대한 인간의 사랑 때문에 손턴과의 사랑을 잃고 야성의 부름에 응하게 되었다. 황금을 찾아 알래스카로 몰려든 사람들이 손턴에게 내기를 걸어 벅을 승리하게 만들고, 그 대가로 돈을 번 손턴 일행은 더 질 좋은 황금이 있다는 미지의 세계로 떠난다. 사실 손턴은 모험을 좋아하고 돈 자체보다 자연에서의 삶을 즐길 수 있는 사람이었다.

손턴은 인간과 자연에 요구하는 것이 별로 없었다. 그는 황야를 두려워하지 않았다. 그는 한 주먹의 소금과 권총만 있으면 황야에 뛰어들었고 즐거운 곳이라면 어디든지, 즐거운 시간이라면 언제까지나 여행했다. 서둘지 않고 인디언처럼 그날 여행하면서 사냥한 것으로 저녁을 즐겼다. 만일 아무것도 잡지 못하면 조만간 사냥감을 만날 거라고 굳게 믿으면서 여행을 계속했다. 그랬기에 동부로 향하는 여행에서 필요한 것은 직접 잡은 고기뿐이었고 썰매의 짐은 탄약과 도구 들뿐이었고 일정표는 끝없는 미래 위에 그려졌다.

그러나 이제 손턴 일행은 금을 사슴 가죽 자루에 모아 담
게 되고, 할 일이 없어진 벅은 불 가에 앉아 야성의 부름에 매
혹되기 시작한다. 손턴의 일거수일투족을 지켜보며 주인을 지
켜 온 벅이 야성의 친구를 만나 숲 속으로 깊숙이 들어갈 때
주인은 인디언의 습격을 받아 죽는다. 손턴이 죽자 벅은 완전
히 야성의 세계로 돌아간다. 매년 여름과 가을, 주인이 살던
곳을 방문하는 벅의 그리움은 독자를 아프게 한다. 그때 벅은
사슴 가죽 자루에서 흘러나오는 누런 물줄기를 지켜보며 생
각에 잠긴다. 아무도 모르게 가려져 있는 황금 주머니는 둘의
사랑을 가로막은 인간의 탐욕이었다.

이처럼 런던의 초인은 개인 능력과, 그와 동시에 친구와 연
인을 사귈 수 있는 사회성을 포함한다.

교육과 단련

초인의 마지막 조건은 고통에서 뭔가를 반드시 배울 수 있
는 단련의 의지이다. 벅이 훗날 대장이 될 수 있었던 것은 곤
봉과 송곳니의 법칙을 배우고 눈 속에 잠자리 만드는 법을 배
우고 강한 자만 살아남는 원시의 법칙을 배우는 의지 때문이
다. 런던의 삶과 작품 세계를 지배하는 모험 정신은 반드시 체
험을 통해 뭔가를 배우고 선임의 조언을 받아들이며 자신을
확장해 나가는 변화를 가져온다. 단편 「불을 지피다」에서 신
참인 주인공은 죽는 순간에 자신이 선임의 말을 듣지 않았던

것을 후회한다.

어둡고 고통스러운 세상 곳곳을 체험하고 선배들의 책을 탐욕스럽게 읽어서 이 둘을 녹여 내는 런던은 그 자신이 초인이었는지도 모른다. 대장은 모험을 통한 단련의 고통을 거쳐서 태어난다. 이런 맥락에서 『야성의 부름』은 성장소설(initiation story)이다.

2 야성의 의미와 생태 문학

다윈은 인간이 동물로부터 진화했다고 주장했고, 프로이트는 문명 속에 결코 지울 수 없는 야만성과 폭력적 본능이 존재한다고 말했다. 자연주의 문학은 이런 가설에서 출발했고, 런던의 문학은 이 가설을 니체의 초인 사상과 결합했다. 벅이 어떻게 문명을 등지고 야성의 부름으로 돌아가는지 살펴보자.

주인 일행이 금 채취에 몰두할 때 한가해진 벅은 불 가에 앉아 조상의 흔적을 보고 야성의 부름을 듣는다. 혼혈 요리사의 모습에서 그가 본 이상한 동물은 원숭이로 여겨지는 짐승이다. 그 짐승은 나약한 존재이기 때문에 늘 뭔가에 쫓기듯 불안해한다. 문명의 이기가 없다면, 무기가 없다면 인간은 벅에게도 먹힐 수 있는 나약한 짐승이다. 런던은 이 부분을 강조하며 인간에게 자만심을 버리라고 말한다. 벅은 손턴을 습격한 이해츠족을 죽이면서 짐승보다 인간을 죽이는 게 훨씬 더 쉽다고 느낀다. 문명의 이기가 없었을 때 인간은 동물보다 나약했다. 불과 지붕이라는 문명의 이기가 없었다면 인간은 쉽게 부서지고 말았을 것이다. 오직 상상력에 의해 인간은 동물보다 우월해졌는데, 본래는 야만성이 이성보다 더 강하므로 문명의 질서 속에는 여전히 야만성이 꿈틀거리고 있다.

적자생존 논리는 문명 속에서 여전히 존재한다. 문명의 상징인 주인에 대한 충성과 야성의 부름 사이에서 갈등하던 벅이 마지막에 야성으로 회귀하는 것은 야성이 문명보다 더 강하기 때문이다. 야성은 문명의 이면에 있는 원시성, 황야, 숲, 대자연이다. 인간의 이성과 문명이 거부해 온 것이다. 그런데 유년기의 경험, 조상의 흔적인 이 야성은 문명의 이면이기에 결코 떼어 버릴 수 없다. 아니, 문명보다 더 강하다. 불을 피우지 못하고 추위에 지고 마는 인간에게서 알 수 있듯 대자연의 야성은 가혹하다. 부드럽고 충성스럽고 헌신적인, 주인에 대한 사랑 밑에는 잔인하고 책략적인 야성이 존재한다. 그런데 이 둘은 한 리비도의 양면성이다. 사랑은 헌신이요, 야수는 잔인한 증오다. 뫼비우스의 띠처럼 연결된 문명과 야성은 문명이 지닌 불안이요, 함정이다.

에로스의 이면이 타나토스이듯 사랑의 이면은 증오다. 벅은 결국 사랑을 버리고 증오를 따른다. 주인이 습격을 받아 죽었기 때문이다. 주인이 황금을 추구하면서 벅의 사랑은 증오로 바뀐다. 아무도 볼 수 없는 덤불 밑에서 벅은 금을 담은 사슴 가죽 자루에서 흘러나오는 누런 물을 바라보며 생각에 잠긴다. 벅은 주인의 죽음에 복수하겠다며 분노하는데 그것은 사랑이 형태를 달리한 파괴적 힘, 즉 증오다.

인간의 이성과 문명이 야성보다 약하다면 우리는 어떻게 살아야 하나? 런던은 우선 우리가 나약한 존재라는 것을 깨닫고 자만심을 버릴 것을 권한다. 문명과 기술이 모든 문제를 해결하고 우리를 행복하게 해 준다는 자만심을 버리는 게 중요하다. 때로 우리는 가냘픈 한 그루 나무보다 더 약한 존재이다. 한여름 뜨거운 햇볕에도 파랗게 빛나는 나뭇잎이나 한겨울 눈 속에서도 끄떡없이 버티는 나뭇가지를 보면, 불과 지붕 없이는 살아남기 힘든 우리 인간은 나무보다 더 나약한 존재일지도 모른다. 단편 「불을 지피다」에서 주인공은 장갑을 끼고 사슴 가죽신을 신어도 추위에 손과 발이 언다. 그런데 함께 가는 개는 털로 추위를 막고 꼬리로 자기 발을 덮고 본능적으로 발가락 사이의 얼음을 물어서 떼어 낸다. 그는 그런 개를 부러워한다.

그러나 주인공이 다음 순간 느낀 것은 자신이 약하다는 것에 대한 깨달음이 아니라 개를 향한 질투와 증오였다. 그는 개를 사랑하지 않는다.

그러나 개는 안다. 조상들은 진짜 추위가 어떤 것인지 알았고 지금 자신도 그 지식을 물려받았다. 이런 무서운 추위에 밖에 나가 걸으면 좋지 않다는 것을 그는 안다. 이럴 때는 눈 밑에 굴을 파고 아늑하게 누워 구름 장막이 추위를 몰고 오는 차가운 공기를 차단할 때까지 기다려야 했다. 그러나 지금 사내와 개 사이에는 친밀한 교감이 없었다. 개는 그저 사내의 명령에 따라 일하는 노예에 불과했다. 개가 받은 애무라고는 그저 채찍 세례와 그 채찍으로 위협하는 사나운 소리가 전부였다. 그래서 개는 자신이 감지한 것을 사내에게 알리려고 애쓰지 않았다.

개가 사내의 안전에 무관심하듯 사내는 추위에도 안전한 개를 증오한다. 그리고 개를 죽여 그 털가죽으로 자기 몸을 따뜻하게 하려고 마음먹는다. 이 소설에서 개와 인간 사이에는 교감이 없다. 그 결과 사내는 죽고 개는 살아서 캠프로 돌아간다.

자연과의 교감이 중요한 이유는 야성이 문명의 어머니이기 때문이다. 야성이 문명보다 강하기 때문에 인간은 결코 자연을 정복하지 못한다. 정복하려고 하면 오히려 정복당한다. 야성의 눈치를 보고 야성을 대접하라. 런던은 벅에게 인격을 부여해 벅의 눈과 마음으로 세상을 보았다. 이것이 런던의 문학이 오늘날 생태 문제와 연결되는 접점이 아닐까 생각한다.

"런던은 동 시대 인기 있었던 작가들을 뛰어넘는 가장 위대한 작품 『야성의 부름』을 남겼다."[2]라고 헨리 루이 멩켄은 말한 적이 있다. 이 소설이 좋은 작품으로서의 요소를 모두 갖추고 있다는 의미였다. 그러나 잭 런던의 작품들 가운데 『야성의 부름』이 가장 인기 있는 이유는 이 소설이 런던의 문학 세계를 가장 포괄적으로 함축하고 있기 때문이기도 하다.

달을 보고 길게 우는 늑대의 울음소리는 어딘지 슬프다. 우

---

2) "No other popular writer of his time did any better writing than you will find in The Call of the Wild."(The Star Rover)

리에게서 멀어졌지만 여전히 곁에 있는 울음소리요, 문명이 결코 떼어 버릴 수 없는 야성의 흔적이기 때문이다.

2010년 10월
권택영

작가 연보

1876년   미국 캘리포니아 샌프란시스코에서 1월 12일, 플로라
         웰먼의 외아들로 태어났다. 떠돌이 점성가인 아버지 윌
         리엄 헨리 채니는 플로라와 일 년을 같이 살았는데 자
         신의 아들을 거부했다고 전해진다. 어머니는 잭이 태어
         나던 해 두 딸의 아버지로 홀아비가 된 존 런던과 재혼
         했다. 이때 양아버지의 성을 얻어 잭 런던이라고 이름
         붙여졌다.

1891년   캘리포니아의 여러 농장과 목장 들을 떠돌았다. 오클
         랜드에서 문법 학교를 마쳤다. 통조림 공장에서 일하고
         삼백 달러를 빚져서 작은 배를 샀다. 이후 배는 그가
         별처럼 떠도는 데 필수 수단이 되었다. 굴 양식장을 습
         격하고 캘리포니아 어업 순찰대에서 일하기도 했다.

1893년	스쿠너 '소피아 서덜랜드'를 타고 칠 개월간 항해했다. 샌프란시스코《모닝콜》에 「일본 해안의 태풍에 관한 이야기」를 투고해 일등상을 받았다.
1894년	걸어서 방랑했다. 후에 이 경험을 『길』(1907)로 출간했다.
1895년	오클랜드 고등학교를 마쳤다. 재학 시절 학생 잡지《하이스쿨이지스》에 스케치 발표했다.
1896년	사회주의 노동당에 가입했다. 버클리에 있는 캘리포니아 주립대학 영문과에 등록해 한 학기 수강했다.
1897년	클론다이크 골드러시에 참여해 유콘강에서 한겨울을 보냈다. 양아버지가 세상을 떠났다.
1898년	유콘강에서 돌아와 글쓰기를 직업으로 삼기로 결심했다.
1899년	《오버랜드먼슬리》에 「썰매 길 위의 사나이에게」를 비롯한 북쪽 지방 이야기들을 투고했다. 다른 잡지와 신문들에 단편들을 팔았다.
1900년	《애틀랜틱먼슬리》에 「북극 오디세이」를 발표하고 베시 매던과 결혼했다. 단편집 『늑대의 아들』 출간했다.
1901년	첫딸 조안이 1월 15일 태어났다.
1902년	영국 런던 이스트엔드 지역에 육 주 동안 체류하며 다음 해에 출간한 체험기 『심연의 사람들』의 자료를 모았다. 둘째 딸 베키가 10월 20일 태어났다. 첫 소설 『눈의 딸』 출간했다.
1903년	베시와 별거. 소설 『야성의 부름』이 대성공해 미국뿐만 아니라 국제적으로 유명해졌다. 소설이 각 나라 언어로

번역되기 시작했다.

1904년 두 번째 문제작 『바다 늑대』를 출간. 신문왕 윌리엄 랜돌프 허스트의 특파원으로 러일전쟁 취재 차 일본에 도착했다. 이때 전시의 한국에서 약 사 개월간 머물렀다. 부산에서 평양 그리고 중국에 이르는 긴 여정을 여행했다. 러일전쟁 취재 기사에는 당시 한국에 대한 그의 인상이 그려져 있다. 일본, 한국, 중국을 비교한 글을 발표했다. 첫 부인 베시와 이혼 절차를 밟았다.

1905년 차미언 키트리지와 재혼했다. 캘리포니아 글랜앨런 근처에 목장을 구입했다. 하버드 대학을 비롯해 동부에서 강연했다.

1906년 예일 대학과 카네기 홀과 중서부 지역에서 강연했다. 《콜리어스》에 샌프란시스코 지진을 취재 보도했다. '스나크'라는 유명한 범선을 제작하기 시작했다. 소설 『하얀 송곳니』를 발표했다.

1907년 스나크호를 타고 오클랜드를 출발, 하와이, 마키저스, 타히티 등 남태평양 섬들을 여행했다. 루스벨트 대통령이 그를 '가짜'라고 비난했다.

1908년 스나크호를 타고 사모아, 피지, 뉴헤브리디스 제도, 솔로몬 제도 등지로 방랑을 계속했다. 루스벨트 대통령의 비난에 답하는 글을 《콜리어스》에 실었다. 미국 자본주의의 앞날을 예견한 사회소설 『강철 군화』 발표했다.

1909년 열대 지방의 여러 질병에 노출된 후 건강이 악화되어 호주 시드니에서 병원에 입원했다. 스나크호를 타고 세계 일주를 하려 했던 꿈을 접었다. 에콰도르, 파나마, 뉴올리언스, 그랜드캐니언을 거쳐 귀항. 자전적 소설 『마틴 이던』 출간했다.

1910년 　아름다운 목장(Beauty Ranch)과 천 년을 버틸 수 있는 튼튼한 집 '울프 하우스'를 짓는 데 정력을 바쳤다. 딸 조이가 태어나자마자 사망했다.

1912년 　케이프 혼으로 항해. 아내가 둘째 아이를 유산했다.

1913년 　알코올중독을 치료하는 자전적 글 『존 발리콘』이 베스트셀러가 되었다. 울프 하우스가 방화로 추정되는 불에 의해 전소되었다.

1914년 　《콜리어스》를 위해 멕시코 혁명을 취재하던 도중 심한 이질에 걸려 귀국했다.

1915년 　하와이에서 휴양하며 건강을 돌보았다. 『별과 함께 떠돌다』 출간했다.

1916년 　동기도 약하고 열정도 없다 하여 사회당에서 사퇴했다. 류머티즘과 지독한 요독증에 걸려 고통받다가 11월 22일 사망했다. 위와 장에 퍼진 요독증이 사망진단서에 기록되었다.

세계문학전집 **30**

야성의 부름

1판 1쇄 펴냄 2010년 10월 22일
1판 33쇄 펴냄 2024년 4월 15일

지은이 잭 런던
옮긴이 권택영
발행인 박근섭, 박상준
펴낸곳 (주)민음사

출판등록 1966. 5. 19. (제 16-490호)
서울특별시 강남구 도산대로1길 62(신사동) 강남출판문화센터 5층 (우편번호 06027)
대표전화 02-515-2000 팩시밀리 02-515-2007
www.minumsa.com

ISBN 978-89-374-2692-6 04800
ISBN 978-89-374-6000-5 (세트)

* 잘못 만들어진 책은 구입처에서 교환해 드립니다.

세계문학전집 목록

세계문학전집은 계속 간행됩니다.